KB169656

행복을
부탁해

시끄럽고 유쾌한 한국 여자 넷,
고요한 불교 국가를 습격하다

행복을
부탄해

조은정 지음

담

Prologue

조화로운 네 친구의 까르르 부탄 여행

코끼리와 원숭이와 토끼와 새의 행복 찾기

———

〈조화로운 네 친구〉는 부탄의 국민 동화다. 옛날 옛적, 바라나시 숲에서 네 동물이 서로 과일나무가 자기 것이라고 주장했다.

코끼리가 말했다. "나무를 가장 먼저 발견한 건 나야."

원숭이가 말했다. "나무의 열매를 먹고 자란 건 나야."

토끼도 말했다. "나무의 새싹을 먹고 자란 건 나야."

그때, 새가 말했다. "나무의 씨앗을 물고 와서 심은 건 나야."

동물들은 새를 대장으로 인정했다. 그리고 힘을 합쳐 과일나무를 가꾸었다. 나무는 무럭무럭 자라 열매를 맺었는데, 너무 높이 있어서 따먹을 수 없었다. 고민하던 네 친구는 해결책을 찾았다. 코끼리 등 위에 원숭이가, 원숭이 등 위에 토끼가, 토끼 등 위에 새가 올라탄 후, 새가 부리로 과일을 땄다. 넷은 사이좋게 과일을 나누어 먹었다.

이야기 속에는 부탄 사람들이 추구하는 가치와 철학이 담겨 있다. 경쟁과 대립보다는 상생과 조화를 추구하고, 세상 만물은 인연으로 엮여 있다는 불교적 세계관도 엿볼 수 있다. 히말라야의 산자락에서 자연과 더불어 평화롭게 살아가는 부탄 사람들에게 잘 어울리는 이야기다.

그러나 삼라만상의 진리를 담은 심오한 이야기가 한국의 네 친구를 만나면 이런 일이 벌어진다. 서로 내가 코끼리다, 너는 토끼를 할래, 원숭이는 애다, 나는 새 하겠다고 떠들며 사진을 찍고 숨넘어가게 웃어댄다.

우리 네 사람은 고요함이나 명상과는 거리가 멀다. 사는 곳도, 하는 일도, 성격도 가지각색이다. 원래부터 친했던 사이도 아니다. 그런 우리가 어쩌다가 같이 여행을 가게 됐을까, 그것도 부탄이라는 생소한 나라를?

지금 생각해도 신기한 이 여행은 불교에서 말하는 인연이 우리를 엮어주었기 때문에 가능했다. 혼자서는 갈 엄두가 나지 않았던 부탄에서, 혼자였다면 하지 못했을 경험을 하고 느끼지 못했을 감정들을 공유했다.

부탄의 조화로운 네 친구와

부탄에 관심을 가지게 된 이유이자 여행의 키워드는 행복이었다. 우리는 각자의 방식으로 열심히 살아왔다. 그렇다면 우리는 행복한가? 그 질문에 자신 있게 답할 수 없었다. 서른 즈음에는 막연히 멋진 어른이 되어 있을 줄 알았는데, 현실은 아직도 철없는 어린애일 뿐이고, 여전히 모르는 것투성이다.

여행 전부터 여행 후까지, 행복에 대해 많은 이야기를 나누었다. 여전히 답은 알 수 없고 하루하루 살아가는 것은 버겁지만, 세상을 조금은 다른 시각으로 바라보게 되었다. 지금부터 그 이야기를 시작하려 한다.

부탄이란 나라가 궁금하다면, 행복이란 무엇인지 고민한 적이 있다면, 우리들의 이야기가 조금이나마 도움이 되기를 바란다.

한국의 조화로운 네 친구

조화로운 네 친구를 소개합니다

코끼리와 바다를 사랑하는 직장인. 덩치는 크지만 온순하다. 주변 사람들에게 선물 같은 사람이 되고 싶다고 생각해서 '산타+코끼리'라는 뜻의 별명을 지었다. 재미있는 건 뭐든지 추진하는 것이 특징.

'코끼리' 산타리 이예진

세상에서 글 쓰는 게 가장 싫은 홍보쟁이. 직장에서 번 돈을 근육과 지방 생성에 다 쓰는 근육돼지. 이번 여행멤버가 모이게 된 원인을 제공한 인물이자, 만개한 잇몸이 매력 포인트인 막내.

'원숭이' 우냐냐 나운아

지리산을 밥 먹듯이 가는 산사람. 특이한 이력에 비해 성격은 평범하다는 게 함정. 약초차 힐링 전도사를 꿈꾸며 다른 사람 힐링에 힘쓰다가, 나만의 행복 찾아 급 합류하게 된 무한 긍정 예스 걸.

'토끼' 움움이 이유민

지속 가능한 방랑질을 꿈꾸는 프리랜서 글쟁이. 프리하게 일하고 싶지만 프리하게 부림을 당함. 축복받은 유연성과 저주받은 근력을 겸비한, 발레에 미친 자. 잡다한 지식들을 읊어대는 설명 변태.

'새' 은시리 조은정

Contents
of Table

Prologue 조화로운 네 친구의 까르르 부탄 여행   4

Episode 1
북한^{North Korea} 아니고
부탄^{Bhutan} 갑니다

1 행복은 멀리 있는 것이 아니다   16

2 행복이란 도대체 뭘까   26

3 양심상 공부한다, 부탄의 기본 정보   34

Episode 2
천둥 용雷龍
의 나라

1 부탄 전에 잠깐, 방콕부터   44

2 스릴 넘치는 곡예비행   50

3 활주로 한 개짜리 국제공항   55

4 절에 소풍 온 사람들   60

5 감동의 첫 식사   77

6 평화는 높은 곳에 있다   80

7 부탄에서 쇼핑 삼매경   87

8 인생 최고의 생일파티   94

Episode 3
신호등
없는 수도

1 인생의 수레바퀴　102

2 집단 탑돌이 현장　109

3 왕 붓다를 만나다　114

4 신개념 옷 공장　124

5 커피 한 잔의 여유　127

6 남의 학교 무단 침입?　129

7 닥종이 인형의 종이 공장 방문　137

8 매우 중요한 낮잠 시간　142

9 첫 번째 부처, 두 번째 부처　146

10 가로등 없는 도시의 밤　156

1 전설의 동물을 만나다　160

2 한 치 앞을 알 수 없는 우리네 인생　163

3 부탄 스타일 하이웨이　168

4 얼굴 빨개지는 남근의 도시　175

5 땡중 끝판왕이 세운 절　178

6 최고의 호텔에서 멍 때리기　185

7 아시아의 스위스　188

8 터프한 어머니 강에서의 래프팅　193

9 행복의 성　198

Episode 4
반전 있는
불교 도시

1 다시 파로로 206

2 폭소 유발 전통 공연 208

3 탁상 사원은 왜 유명한가? 214

4 해발 3140미터, 탁상 사원 가는 길 217

5 어두운 동굴 속 한줄기 빛 224

6 마지막 절에 가다 232

7 무지개 너머 어딘가의 행복 236

8 뜨거운 돌로 목욕하다 245

9 곡주와 함께한 저녁 249

Episode 5

호랑이 둥지에
오르는 길

Episode 6

끝, 그리고
또 다른 시작

1 어느새 찾아온 이별의 순간 260

2 다시 찾은 방콕, 길 잃은 마음 266

3 작은 오아시스, 발레 270

4 문화를 어떻게 지켜나가야 하나 272

5 제발 집에 보내주세요 275

6 다시 만난 네 친구 279

Epilogue 다시, 우주 너머로 284

'행복을 부탁해'

Episode 1

북한 North Korea
아니고
부탄 Bhutan
갑니다

1
행복은 멀리 있는 것이 아니다

2017년 2월 4일 밤 10시, 카톡이 왔다. 대학 동기이자 등산 메이트, 산타리였다. 살짝 술에 취해 있었는데, 산타리의 카톡 한 줄에 술이 확 깼다.

8월 말에 부탄 갈래? ㅋㅋㅋㅋ

부탄, 5년 전부터 가보고 싶은 나라 1순위. 그러나 정말 갈 수 있으리라고 생각지는 못했던 곳. 산타리에게 언젠가 꼭 가보고 싶다고 몇 번이나 얘기를 했는데, 그런 이야기를 했다는 것조차 잊고 있었다. 오랜 염원과 알코올 기운이 합쳐져 손가락이 머리보다 먼저 움직였다.

헐. 졸라 좋아.

누구와 가는지, 며칠을 가는지, 돈은 얼마나 드는지와 같은 생각은 들지도 않았다. 그렇게 카톡 두 줄에 여행이 성사되었다. 산타리는 여행을 위한 고액 알바를 한다는 생각으로 최고의 대기업에 다니며, 자체 여행 프로젝트 '진진투어'를 꾸준히 실천하고 있는 청춘이다. 진진투어의 시작은 2013년, 산타리는 취준생이고 나는 대학원을 그만둔 후 방황할 때였다. 산타리는 이렇게 말했다.

"카페에 앉아서 신세한탄만 하고 있으면 뭐해? 그럴 시간에 산이나 가자!"

산 위에 올라가서 내려다본 서울은 장난감 마을 같았다. 사는 거, 생각보다 별거 아니구나. 우리는 참 작은 존재구나. 그 느낌이 좋아서 우리는 매주 산에 갔다. 서울에 있는 산을 섭렵하고, 교외로도 나갔다. 산을 오르며 우리가 지나친 나무만큼이나 무수한 이야기를 나누었다.

그중에 부탄 이야기가 있었다. 당시 세계여행을 하는 부부의 블로그를 즐겨 봤는데, 그 부부의 첫 번째 목적지가 부탄이었다. 자유 여행이 안 되는 나라, 국민소득이 낮은데도 보호무역을 하는 나라, 그런데도 사람들이 행복하다고 하는 나라…. 블로그에 적힌 내용은 꿈같았다. 나는 산타리에게 부탄에 가고 싶다고 말했다.

"히말라야 산자락에 부탄이란 나라가 있대. 불교 국가인데, 가난한데도 사람들이 행복하다고 한다는 거야. 한번 가보고 싶지 않아?"

"부탄에 가고 싶다고? 역시 너는 좀 이상해."

말은 그렇게 하면서도 산타리는 내가 전하는 부탄 이야기를 흥미롭게 들었다. 취업준비를 하며 불안한 시기를 보냈던 산타리, 막연히 글을 쓰고 싶었던 나에게 부탄은 그야말로 딴세상 이야기였다. 대부분의 수다가 그렇듯 화제는 언제 바뀌었는지도 모르게 바뀌고, 대개는 어디론가 날아가버린다. 우리의 부탄 이야기도 그렇게 사라진 줄 알았다.

그리고 5년이 지나 산타리가 다시 부탄을 이야기하다니. 산타리의 카톡에 산을 오르며 나누었던 대화가 떠올랐다. 산타리와 함께한 등산 덕분에 힘들었던 시기를 잘 보낼 수 있었다. 그렇기에 부탄이라면, 그것도 산타리와 함께라면 무조건 가야 했다.

알고 보니 부탄 여행추진위원장은 산타리의 고등학교 후배, 우뇨뇨였다. 홍보팀 직원 우뇨뇨는 2016년 11월, 업무차 신문 기사를 스크랩하다가 주한 부탄 대사의 인터뷰 기사를 읽었다. 가장 행복한 나라, 은둔의 왕국…. 마침 한국-부탄 수교 30주년 기념으로 한국인에게만 관광세를 할인해준다고 했다. '어머 여긴 가야 해' 모드가 된 우뇨뇨는 부탄 여행을 결심했다.

2017년이 되어 프로모션 발표만 오매불망 기다리던 우뇨뇨는 혼자서 여행사, 비용, 날짜까지 다 정해두었다. 그러나 하나가 모자랐다. 바로 동행. 이름도 생소한 나라에 가겠다고 나서는 친구가 없었다. 관심을 보인 친구들과는 시간이 맞지 않았다.

우냐냐는 마지막 방편으로 페이스북에 여행 친구 모집 글을 올렸고, 산타리가 미끼를 덥석 물었다. 두 사람은 고등학교 때는 친하게 지냈지만 졸업 후 한 번도 만난 적이 없었다. 그러나 여행 친구는 마음만 맞으면 그만이다. 10년 동안 온라인으로만 봤어도, 처음 만난 사이라도, 얼마든지 좋은 여행 친구가 될 수 있다.

씩씩한 에너자이저 우냐냐는 원래 혼자서도 여행을 잘 다니는데, 굳이 여행 친구를 찾았던 이유가 있다. 부탄은 자유여행이 거의 불가능하기 때문이다. 인도 사람을 제외한 외국인은 비자를 받아야 입국이 가능하고, 정부에서 지정한 여행사의 가이드를 따라 미리 계획한 장소만 여행할 수 있다.

한 팀당 최소 인원은 4명. 그 이하면 추가 요금을 내야 한다. 유능한 부탄 여행추진위원장 우냐냐는 회사에서 갈고 닦은 협상 실력을 발휘했다. 우리는 부탄 여행 준비를 대행해주는 한국 여행사를 이용했는데, 한국 사장님한테 부탁해서 추가 요금 없이 세 명의 임시예약을 성사시켰다.

그렇지만 3은 뭔가 불안정한 숫자다. 산타리는 다시 한 번 신의 섭외 능력을 발휘했다. 산타리의 선택은 지리산 소녀 융융이였다. 융융이는 산타리와 나의 대학 동기로, 지리산에서 가업을 잇고 있다. 다재다능한데다 패션 센스까지 뛰어나 졸업 후엔 도시의 멋진 커리어 우먼이 될 것 같았는데!

대학 신입생 때, 융융이는 뭔가 다가가기 어려운 이미지였다. 유년시절을 네덜란드에서 보내서 외국어에 능통하고, 눈에 띄게 예쁜 윰윰이는 다른 세상 사람 같았다. 그러나 막상 말을 해보니 세상 해맑고 사랑스러운 친구였다. 졸업 후 서로 페이스북으로만 소식을 접했는데 같이 여행을 가게 될 줄은 꿈에도 몰랐다.

사는 곳도, 하는 일도 다 다른 네 명. 하지만 모아놓고 보니 공통점이 보였다. 바로 자유를 꿈꾸며 끊임없이 현실에서 도망칠 궁리를 하는 여행 중독자라는 것. 여행을 가기 위해서 없는 시간과 돈을 쥐어짜내고, 아무 데서나 잘 먹고, 잘 자는 여행 최적화 인간들이다. 이렇게 부탄 여행 완전체가 탄생했다.

2월 7일, 맥도날드가 아닌 진짜 행복의 나라 부탄 단톡방에 네 명이 모였다. 우뇨뇨는 만난 지 10년 된 선배 언니와, 처음 보는 언니 두 명과 여행을 가게 되었다. 황당한 상황에서도 우뇨뇨는 우리에게 활기차게 인사를 건넸다.

'산타리 언니와 친구들의 동창 모임이 되었지만 절 소외시키지 말아주세요!'

그런 걱정은 할 필요가 없었다. 우뇨뇨는 우리의 여행추진위원장이자 분위기 메이커, 여행의 중심이었다. 우뇨뇨는 여행 브리핑을 시작했다.

🐒 우뇨뇨 : 총 여행 금액은 OOO만 원이고요, 예약금을 보내야 하
　　　　는데….

🐘 산타리 : 오케이!

🦜 은시리 : 좋아 좋아.

🐑 융융이 : 송금 완료!

　가장 중요한 돈 얘기가 순식간에 지나가고, 이어진 이야기
는 다음과 같았다.

🐒 우뇨뇨 : 언니들, 그런데 8월 말 부탄은 우기래요.

🐘 산타리 : 아, 그래서 그때가 비수기구나. 그래도 싸니까 괜찮아!

🦜 은시리 : 비 오면 비 구경하면 되지!

🐑 융융이 : 비 내리는 거 구경하면서 차 마시면 너무 좋겠다.

🐘 산타리 : 아무것도 안 해도 좋아. 자연만 즐겨도 돼.

🐒 우뇨뇨 : 맞아요. 와이파이도 잘 안 터진다는데, 그게 너무 좋아요!

🦜 은시리 : 융융아, 지리산에 살면서 또 산에 가도 괜찮겠어?

🐑 융융이 : 응, 초록은 언제나 좋잖아!

　짧은 대화 속에서 강력한 예감이 들었다. 이 여행, 문제없
겠다! 이상적인 여행 파트너는 생각보다 정말 찾기 어렵다.
같은 시기에 시간을 내야 하며, 비슷한 수준의 돈을 써야 한
다. 숙소 취향, 식성, 여행 스타일까지 맞아야 한다. 어느 것
하나라도 안 맞으면 외국에서 대판 싸우고 다시는 안 보는

사이가 될 수도 있다.

그래서 여행을 결심하면서도 걱정을 했던 것이 사실이다. 그렇지만 카톡으로 주고받은 몇 마디 속에서 다들 무던하고 긍정적인 인간형임을 알 수 있었다. 평소에는 까탈스러운 면이 있겠으나, 이번 여행에서만큼은 무조건 행복하기만 할 것이라는 의지가 엿보였다.

대책 없는 긍정 외에 공통점이 하나 더 있었으니, 그것은 바로 엄청난 추진력. 통성명을 한 지 한 시간 만에 여행사에 예약금을 보내고, 항공권 예매를 마쳤다. 방콕 숙소도 정했다. 방콕에서 뭘 할지 한참 이야기하다가 깨달았다. 떠나려면 반년이나 남았다는 것. 이날의 우리는 당장 다음 주에 떠날 사람들 같았다.

일단 신나기는 했는데, 적지 않은 금액을 지출하니 허리가 휘청했다. 우리는 있는 돈 없는 돈을 긁어 영혼까지 끌어모아 예약금을 냈다. 수교 30주년 특가라고는 해도 부탄 여행비용은 결코 저렴하지 않았다. 시기에 따라 하루에 200~250달러를 일괄적으로 내야 한다. 우리는 특별 할인가를 적용받았지만, 그 돈이면 유럽도 갔다 올 수 있을 것 같았다. 우냐는는 하반기에 갚기로 하고 어머니께 예약금을

빌렸다.

배낭여행이라면 숙소비나 식비를 아낄 수 있겠지만, 부탄은 그럴 수 없다. 대신 돈만 내면 걱정할 것이 없다. 항공, 숙박, 교통, 식사, 입장료, 모든 것이 포함되어 있기 때문이다. 한 팀당 가이드 한 명과 운전사 한 명이 배정되어 모든 일정을 함께한다. 비싼 데에는 이유가 있는 법이다.

여행 소식을 알리자 지인들의 뜨거운 반응이 잇따랐다. 우 뉘뉘의 친구들은 처음엔 시큰둥했으면서, 막상 간다고 하니 아쉬움을 표했다. 역시 인생은 타이밍. 떠나간 버스는 손을 흔들어도 돌아오지 않는다.

여행에 합류하고 싶어 했던 분들은 또 있었다. 융융이의 아는 오빠 세 명이다. 우리는 잠시 고민하다 정중히 거절했다. 인원이 너무 많아지면 고요하고 평화로운 여행이 어려울 것 같았기 때문이다. (물론 넷이서도 절대 고요하지는 않았다.)

결국 아는 오빠들은 우리보다 두 달 앞서 6월에 부탄을 다녀왔다. 안타깝게도 아는 오빠들에게 부탄은 영 맞지 않았나 보다. 여행을 다녀온 후, 우리가 출발하기 직전까지도 융융이에게 '방콕이 천국이다'라며 여행을 다시 생각해보라고 할 정도였으니까. 그러면서도 장문의 카톡으로 부탄 여행

꿀팁을 전수해주었다. 우리는 별로 걱정하지 않았다. 오빠들을 실망시켰던 '심심함'을 원했기 때문이다.

소소하지만 소중한 부탄 여행을 준비하며 여행을 조금 특별하게 기록하고 싶었다. 우냐냐의 아버님은 직장 스트레스를 여행으로 푸는 우냐냐에게 '그렇게 여행 좋아하면 책을 써서 대박이라도 내봐라.'라고 하셨다. 그래서 진짜 해보기로 했다. 배운 게 도둑질이라고, 글 쓰는 재주로 먹고사는 내가 여행을 기록했다. 사실 나와 산타리, 윱윱은 나름 언론홍보영상학부 출신. 사진 좀 찍어보고 영상 좀 만들어본 언니들이다.

한국에서 못 찾은 행복, 고작 며칠간의 여행으로 찾을 수 있을 리가 없다는 것을 알면서도 우리는 들떴다. 마치 부탄이 행복의 비밀을 엿보게 해줄 수 있을 것만 같은 기분이 들었다. 여행 떠나기 반년 전, 우리는 부탄 바람이 들어 아주 조금 행복에 다가섰다.

여행을 준비하던 중 인터넷에 떠도는 이미지 한 장이 눈에 들어왔다.

'행복은 멀리 있는 것이 아니다. 존나 멀리 있는 것이다.'

머릿속에 종이 뎅 하고 울리는 기분이었다. 그래, 바로 이거야! 행복해지려면 떠나야 해. 그것도 아주 멀리. 적어도…부탄 정도?

행복은
멀리 있는 것이 아니다.
존나
멀리 있는 것이다.

2
행복이란 도대체 뭘까

"뭐? 북한 간다고?"
"북한 아니고 부탄이요, 부탄."

여행을 계획하며 가장 많이 들었던 말이다. 부탄이 나라 이름이라는 것을 알면 농담이랍시고 던지는 말 역시 판에 박힌 듯 똑같았다.

"부탄에는 부탄가스가 있나?"

우리나라 사람들에게 부탄의 인지도는 딱 이만큼이다. '글로벌'이라는 단어가 동네 강아지만큼 흔해진 요즘, 사람들은 전 세계 나라들을 대충 다 알고 있다고 생각한다. 그러나 그 안에 부탄은 없다. 히말라야 산자락에 있는 소국인 데다 방문도 자유롭지 않고, 세계사에 중요하게 등장한 적도 없으니까. 행복의 나라인지는 알 수 없어도 은둔의 나라인 것만은 확실했다.

2월에 모든 예매를 마치고 나니, 우리를 기다리고 있는 건 6개월이란 시간이었다. 당장 떠나고 싶었지만 시간은 정직하고 더디게 흘렀다. 기다리다 지치고, 여행을 떠날 거라는 사실조차 까먹을 뻔했다. 우리는 지루한 기다림을 견디기 위해 정기 모임을 가지기로 했다.

물론 계획은 계획일 뿐, 다 같이 모이기는 어려웠다. 지리산 사는 윰윰이, 서핑에 빠진 산타리, 발레에 미친 은시리, 폴댄스 러버 우놔놔는 공사가 다망했다. 1차 사전 모임에는 윰윰이가 오지 못했다. 산타리와 우놔놔가 10년 만에 재회했고, 우놔놔와 나는 원래 친했던 사이처럼 밤늦도록 수다를 떨었다.

부탄 여행 약 4개월 전, 두 번째 사전 모임을 가졌다. 지리산 소녀 윰윰이가 친히 서울까지 행차했지만, 우놔놔가 급체를 해서 오지 못했다. 존나 먼 행복만큼이나 네 명이 만나는 길은 멀고도 험했다. 윰윰이와 나는 오랜만에 재회했다. 그렇다면 서로의 신상털기부터 시작해야 하는 법. 어떻게 지내는지 안부를 묻다 보니 자연스럽게 일 얘기로 이어졌다.

자신의 일 얘기를 신나서 하는 사람은 몇이나 될까. 대부분은 신세한탄이 된다. 우리 역시 그랬다. 나는 프리랜서의 불안한 삶을 이야기했고, 윰윰이는 패밀리 비즈니스의 어려움을, 산타리는 대기업 직장인의 애환을 토로했다.

열변을 토하던 산타리는 20분도 채 지나지 않아 말을 멈추었다.

"노는 날 일 얘기 하는 건 억울해. 딴 얘기 하자!"

그러더니 가방에서 종이 뭉치와 필기구들을 잔뜩 꺼냈다. 산타리의 수많은 취미 중 하나는 캘리그라피. 온갖 종류의 붓펜과 더불어 하얀색 엽서종이까지 풀 세트로 구비되어 있었다. 산타리는 종이를 우리에게 나눠주었다.

"자, 이제부터 각자 생각하는 행복의 정의를 쓰는 거야. 그리고 여행 갔다 와서 생각이 얼마나 바뀌었는지 보는 거지."

방금 전까지 험한 말들을 써가며 일 얘기를 하던 우리는 갑자기 진지하게 행복을 논하기 시작했다. 융융이는 행복이란 주제가 참으로 어렵다고 말했다.

"나는 행복을 주로 남에게서 찾았던 것 같아. 엄마 아빠가 좋으면 나도 좋은 거고, 언니가 행복하면 나도 만족하고. 그래서 내 행복이 뭔지 잘 모르겠어."

정도의 차이는 있겠지만, 모두가 공감했다. 주변 사람들이 나에게 가지는 기대를 충족시키면 행복할 것 같고, 남들의 기준에 맞추면 행복할 것 같다. 그것이 좋은 성적, 좋은 학벌, 좋은 직장, 높은 수입, 뭐가 됐든 말이다. 그렇지만 어느 순간, '그게 진정한 나의 행복인가?' 의문이 들 때가 있다.
우리가 생각하는 행복은 다음과 같았다. 각자의 스타일대로, 내용도 길이도 천차만별이다.

🐘 산타리가 생각하는 행복

후회하지 않는 오늘.

🦉 융융이가 생각하는 행복

일상이 특별한 거. 별거 아닌 게 별거인 거!

하고 싶은 거 하는 거. 걱정 없이!!!

🦅 은시리가 생각하는 행복

내일을 걱정하지 않는 것.

하고 싶은 일을 할 수 있는 여건, 하기 싫은 일을 하지 않을 자유.

🐒 우놔놔가 생각하는 행복

안 참고 사는 인생. 인생은 참는 것의 연속이므로.

여행을 한 달 앞두고서야 넷은 한자리에 모여 앉을 수 있었다. 서울에 융융이네 매장이 생겼다. 약초 차 명인이신 융융이네 어머니의 차를 음미하며, 우리는 끊임없이 주전부리를 까먹었다. 이날 모임의 목적은 여행 전 최종 점검 및 책 교환. 부탄에 관한 책을 읽고, 서로에게 읽은 책 이야기를 해주었다.

내가 읽은 에세이의 저자는 서른아홉에 부탄으로 여행을 갔다. 작가는 계속해서 나이 이야기를 했다. 서른아홉이란 삶을 돌아보게 하는 나이인가 보다 생각하다가 문득 깨달은 사실, 내 나이가 스물아홉이라는 것. 책을 읽기 전까지 서른이 다가온다는 자각조차 없었다. 비슷한 나이를 살고 있는 친구들에게 이 얘기를 꺼냈다.

🌿 은시리 : 나는 20대의 마지막인 게 별 감흥이 없어. 철이 없어서 그런가?

🐾 산타리 : 나도 그래. 서른, 되면 되는 거지 뭐.

🐰 융융이 : 요즘의 서른은 느낌이 달라서 그런가 봐. 김광석의 〈서른 즈음에〉 같은 느낌은 아니잖아.

🐕 우냐냐 : 나이 바뀐다고 갑자기 다른 사람이 되는 것도 아닌데, 크게 의미부여를 할 필요는 없는 것 같아요.

나이를 신경 쓰지 않는 사람들이 모였기에 이렇게 여행도 같이 가게 된 것 아닐까. 그렇지만 '20대 끝자락의 여행'이란 의미부여를 하니 기분이 좋았다. 인생에서 가끔씩 찾아오는 전환점, 하나의 챕터가 넘어가는 시점에서 나를 돌아볼 기회가 주어졌다는 것이 감사했다.

우리가 부탄에 대해서 가장 많이 가졌던 의혹은 이런 것이었다. 가난한데 행복하다고? 그게 가능해? 그래서 부탄 남자와 결혼한 미국 여성의 에세이도 읽고, 부탄의 행복정책에 대한 연구서도 읽었다. 공통적으로 말하는 부탄의 행복론은

'소유한다고 행복하지 않다.'였다.

행복은 편안함을 의미하지는 않는다. 물건을 더 많이 가진다고 해서 행복해지지 않는다. 좋은 이야기지만, 솔직히 100%와 닿지는 않았다. 자본주의 사회는 소유를 해서 행복하다기보다는, 소유를 하지 못해서 불행해지도록 유도하기 때문이다.

'머스트 해브 아이템'이란 정말로 꼭 가져야만 하는 아이템이 아니라, 없으면 박탈감을 느끼게 되는 물건이라는 글을 읽은 적이 있다. '무언가를 가지면 행복해질 거야.'가 아니라, '무언가를 가지지 못하면 불행해질 거야.'라는 불안감. 결국 적극적으로 행복을 추구하는 게 아니라, 겨우겨우 불행을 피하면서 살게 되는 거다.

그래서 일부러 더 삐딱한 시선으로 부탄을 바라보기도 했다. 국민의 97%가 행복하다고 말한다는데, 그 사람들이 세상물정을 몰라서 그러는 건 아닐까? 정부한테 세뇌당해서 억지로 그렇게 말하는 건 아닐까?

이런 생각은 우리들 스스로가 돈 없는 행복을 상상하지 못했기 때문이었다. 처음에는 행복이란 뭘까 고민해보고, 같이 카드에 적어보기도 하고, 물질주의를 벗어나 나 자신을 찾는 유기농 여행을 다짐했다. 그런데 슬금슬금 무언가를 사기 시작했다.

나는 한복 입고 외국 여행을 해보고 싶었다. 면세점 쇼핑 준전문가 우놔놔는 인터넷 면세점 장바구니에 물건들을 담기 시작했다. 시계를 사고 싶었던 나는 우뇨뇨에게 면세점 꿀팁을 전수받았다. 그런 데(?) 가려면 편한 신발이 있어야 한다고 합리화한 후, 어느 색이 예쁜지를 고민했다.

여태까지 벗고 다닌 것도 아니건만, '입을 게 없다.'는 생각에 자꾸 여기저기를 기웃거렸다. 역시 우리는 자본주의의 노예라고 자책했지만, 쇼핑 역시 여행 전의 큰 즐거움이었음을 부인할 수는 없다.

'가난하지만 행복한 나라'에 가서 행복을 찾아보겠다고 하면서도, 우리는 이렇게나 속물적인 인간들이었다. 물욕 넘치고, 자본주의에 젖은 우리가 부탄에 간다고 행복해질 수 있을까? 약초 차와 함께 우리의 이야기는 끊이지 않았다.

🖐 은시리 : 행복이란 물질적 풍요랑 정신적 여유, 둘 중 하나를 포기하는 거 아닐까?

🐘 산타리 : 풍요로우면서도 여유로운 삶이 최고인데.

🐒 우뇨뇨 : 우리한테 부탄 사람들처럼 살라고 하면 미쳐버릴지도 몰라요.

🐿 융융이 : 근데 부탄 사람들한테 우리처럼 살라고 해도 불행할 거야.

🖐 은시리 : 친구가 그런 말을 하더라. 행복에 대해 고민하는 것 자체가 불행한 사람들의 특징이라고.

🐿 융융이 : 오 그럴지도 몰라. 불행한 사람들이 행복하고 싶어 하니까.

🐘 산타리 : (단호) 나는 월화수목금 불행하고 토일 행복해.

🐒 우냐냐 : 언니, 토일 행복하기 위해 쓰는 돈은 월화수목금의 노동에서 나와요.

  실컷 웃고 떠들고 돌아오는 길, 함께 나눈 이야기들을 곱씹어보았다. 나는 지금 행복한가. 내 삶의 선택들은 행복해지기 위한 몸부림이었다. 자유로운 대학 생활을 즐기고 싶어 서울로 왔고, 글을 쓰고 싶어서 취업준비 대신 대학원에 갔고, 내가 원하는 글을 쓸 수 없다는 것을 깨닫고 뛰쳐나왔고, 프리랜서로 좌충우돌 살아왔다.

  남들이 말하는 좋은 직장, 높은 연봉이 나를 행복하게 해주지 못할 거라고 확신했었다. 작가가 되면 행복할 것 같았다. 과연 내 선택은 옳았나? 모르겠다. 나는 아직 너무 어리고, 이룬 것도 없기 때문이다. 지금까지의 삶은 어떤 글을 쓸 것인가 고민하는 과정이었다. 이 책 역시 그 고민의 일부다. 행복이 무엇인지 깨닫지 못하더라도, 책 한 권이 남는다면 이 여행은 나에게 충분히 가치가 있을 것이다.

3
양심상 공부한다, 부탄의 기본 정보

부탄에 가기 전, 공부를 해야 할 것 같다는 압박에 시달렸다. 행복의 실마리를 찾으려면 제대로 알아야 하니까. 의무감과 호기심은 내 안의 덕후 기질을 발동하게 만들었다. 내가 부탄에 간다고 하니, 아빠가 격한 반응을 보였다.

"거긴 티베트 불교권 나라인데. 파드마 삼바바 얘기를 알고 가면 좋아. 《티베트 사자의 서》를 쓴 고승이거든."

웃음이 피식 나왔다. 설명 변태 유전자의 근원이 이빠이기 때문이다. 본인은 불교 신자라고 주장하는데, 오히려 종교 덕후에 가깝다. 모든 종교에 관심이 많아서 구약과 신약을 모두 완독했다. 이제 코란을 읽을 차례라고 놀리는 엄마에게 코란과 구약성서의 유사성에 대해 장황한 설명을 늘어놓는 사람이다.

투지에 불타 관련 서적을 탐독했다. 그래도 빈 부분은 여전히 있었다. 그럴 땐 부탄 정부 홈페이지 National portal of Bhutan(http://www.bhutan.gov.bt)를 참고했다. 각종 통계 자료가 일목요연하게 잘 정리되어 있었다.

여기에 나오는 정보는 정확하지 않을 수 있다. 부탄은 지금 이 시각에도 끊임없이 변화하고 있는, 살아 있는 나라이니까. 여러 수치 역시 대략적으로 감을 잡는 정도로 받아들이면 좋겠다. 최대한 쉽게, 지루하지 않게 쓰려고 노력했다.

'됐고, 여행 이야기나 해보시지?' 싶으시다면 이번 꼭지는 쓱 건너뛰어도 괜찮다. 책을 다 읽은 후, 부탄에 대해 조금 더 관심이 생겼을 때 들추어보아도 좋을 것 같다.

1. 부탄은 어디에 있는 나라인가

부탄은 남아시아, 히말라야산맥 근처에 있다. 면적은 38,394km², 남한의 40% 정도 크기다. 인구는 약 78만으로, 서울시 송파구 인구와 비슷하다.

부탄의 국기는 이렇게 생겼다. 노란색은 부탄 왕실, 주황색

중국과 인도 사이에 야무지게 끼어 있는 부탄

부탄의 국기

은 티베트 불교의 색깔이다. 용은 부탄의 대표 상징으로, 네 발에는 각각 여의주가 있다. 고대 티베트의 고승 파드마 삼바바가 부탄에 숨겨두고 간 보물을 뜻한다고 한다.

2. 부탄이 걸어온 길

부탄이 세계사에 등장하는 시기는 7세기경이다. 티베트의 왕 송찬 감포Songtsan Gampo는 제국을 통일하고 부탄에 진출했다. 8세기에는 티베트 불교 고승인 파드마 삼바바Padma Sambhava가 불교를 전파했다.

부탄의 통일은 17세기에 이뤄졌다. 통일의 주역은 샵둥 냐왕 남걀Shabdrung Ngawang Namgyal. 하지만 그가 죽자 지역 영

주들은 다시 전쟁을 시작했다. 1907년, 유겐 왕추크^{Ugyen Wangchuck}가 지금 부탄 왕조의 문을 열었다. 2대 왕 지그메 왕추크^{Jigme Wangchuck}는 중앙집권 국가를 만들었고, 3대 왕 지그메 도르지 왕추크^{Jigme Dorji Wangchuck}는 근대화의 기틀을 닦았다.

4대 왕 지그메 싱예 왕추크^{Jigme Singye Wangchuck}는 부탄의 미래를 고민하다가 민주주의를 도입하고 왕정을 폐지하기로 결심했다. 국민들은 극구 반대했다. 왕은 국민들을 설득했다.

"한 사람이 나라의 운명을 결정하는 것은 너무 위험부담이 크다. 왕이 잘못된 결정을 내리면 우리 같은 소국은 바로 망한다. 왕보다는 국가가 중요하다."

결국 국민들은 왕에게 설득당했다. 대신 입헌군주국으로 합의를 보았다. 4대 왕은 51세에 스스로 아들에게 왕위를 물려주었다.

5대 왕 지그메 케사르 남곌 왕추크^{Jigme Khesar Namgyel Wangchuck}는 아버지의 뜻을 이어받아 민주헌법을 선포하고 선거를 실시했다. 왕비는 평민 출신 제선 페마^{Jetsun Pema}다. 평민 여성과의 결혼으로 5대 왕은 부탄 대표 사랑꾼으로 등극했다. 지금 두 사람은 부탄 최고의 인기 커플이다.

3. 부탄이 믿는 것

부탄의 국교는 불교, 그중에서도 티베트 불교다. 티베트 불교의 4대 종파 중 각규파 계열이다. 뇌룡파라고도 불린다. 부탄 불교의 심오한 교리는 잘 모르지만, 나의 관심을 끌었던 것은 불교관을 반영한 장례 문화였다.

부탄에서 장례식은 매우 중요한 절차로, 부모가 죽으면 최대 49일간 쉬면서 제사를 지낸다. 망자가 좋은 곳에서 환생하기를 기원하는데, 49일간의 여정을 무사히 마치고 환생하려면 산 사람들의 도움이 필요하다고 본다. 그리고 49일이 지나면 어디선가 환생했으리라 믿고, 이후엔 제사를 지내지 않는다.

한 번도 생각해본 적 없던 의문이 들었다. 우리나라 불교 신자들도 49재를 지내는데, 왜 매년 돌아가신 날에 또 제사를 지낼까? 유교 문화와 불교 문화가 혼재한 우리나라에서만 벌어지는 해프닝일지도 모른다.

4. 부탄은 뭘 먹고사는가

부탄의 1인당 GDP^Gross Domestic Product는 3천 달러가 채 되지 않는다. 절대적 기준으로 보면 빈국이다. 화폐는 눌트럼^Ngultrum을 쓰는데, 인도 루피^Rupees와 1대 1 고정환율이다. 국민의 65% 정도는 농업에 종사하고, 가파른 지형 덕에 수력발전을 해서 인도로 수출한다.

부탄 정부가 주력하는 산업 분야 중 하나는 관광산업인데, 자유여행을 제한하는 이유는 관광 정책 철학 때문이다. 부탄 관광의 모토는 '높은 가치, 낮은 영향High Value, Low Impact'이다. 여행자들에게 질적으로 매우 훌륭한 여행 경험을 선사하면서도 환경 파괴나 문화 파괴를 최소화하겠다는 것이다.

5. 부탄은 정말 행복한 나라인가

우리 모두가 가장 궁금해하는 점, 부탄 사람들은 과연 정말로 행복할까? 궁금증을 해결하려면 부탄의 행복정책, GNHGross National Happiness를 살펴봐야 한다. GNH가 말하는 행복은 개인과 사회의 물질적 웰빙과 정신적 정서적 문화적 필요 사이의 균형을 맞추는 것이다. 우주 만물이 인과관계로 연결되어 있다는 불교의 연기론에서 출발한다. 자연과 사람과의 관계도 공생, 공존을 기본으로 한다.

GNH는 2008년 제정된 민주 헌법에도 명시되어 있다. 국가는 GNH 증진을 위해 노력해야 한다는 것이다. 그리고 국왕 직속 기관인 국민총행복위원회가 끊임없이 정책을 개발하고 있다. 국민들에게도 적극적으로 GNH를 가르친다. 하나의 독립된 과목도 있고, 수학, 과학, 지리, 역사, 영어 등의 과목도 연계해서 가르친다.

1970년의 부탄 1인당 GDPGross Domestic Product는 212달러, 한국은 255달러였다. 지금, 부탄은 3천 달러가 채 되지 않고, 한국은 3만 달러에 육박한다. 그렇다면 부탄 정부의 정책이 훌륭했다고 볼 수 있는 걸까?

이 의문을 해소하려면 남아시아 나라들과 비교해봐야 한다. 70년대 부탄과 주변 국가들의 빈곤율은 50% 정도로 비슷했다. 지금, 남아시아 나라들의 빈곤율을 30%인데 부탄의 빈곤율은 12%다. 이 수치로 보면 부탄의 경제발전은 성공적이었다. 부탄의 빈곤율이 낮아진 이유는 빈곤층 퇴치를 중심으로 성장전략을 짰기 때문이다. 그 결과 주변국들에

비해 빈부격차 문제가 크지 않고, 사회갈등도 덜하다.

　한 조사에서 부탄 국민들은 97%가 행복하다고 답했다. 그러나 부탄 정부의 GNH 조사에 따르면 행복한 국민은 43%밖에 되지 않는다. 부탄 정부가 행복의 기준을 매우 높게 설정해두었기 때문이다.

　성과를 높이기 위해 행복의 기준을 낮출 수도 있었을 것이다. 하지만 부탄 정부는 숫자보다는 국민들의 실질적 행복이 더 중요하다고 판단했다. 형식적인 정책이 아닌, 진정 국민을 위한 정책임을 엿볼 수 있다.

천둥 용雷龍의
나라

1
부탄 전에 잠깐, 방콕부터

여행의 시작은 언제일까. 집을 나서는 순간? 혹은 비행기를 타는 순간? 나에게는 환전을 하는 순간이다. 낯선 글자와 낯선 얼굴이 그려진 지폐를 받아들면 마음이 설레기 시작한다. 미지의 세계로 떠나는 티켓을 받은 기분이다.

8월 18일, 일단 태국으로 향했다. 부탄에 가려면 아직 이틀 더 기다려야 했다. 밤 비행기여서 오후까지는 각자의 일상을 보냈다. 산타리는 퇴근 시간까지 일을 하고 달려와야 했고, 우뇨뇨는 3시 퇴근을 위해 새벽 4시에 출근을 했다.

윰윰이와 나는 온전한 휴식을 선택하지 못했다. 윰윰이는 9월에 있을 행사 준비를 해야 하기 때문에 업무를 손에서 놓을 수 없었고, 프리랜서인 나는 작업 스케줄을 내 마음대로 조정할 수가 없었다.

고양이 오름이는 점점 쌓여가는 짐을 보며 충격에 빠졌다. 저 인간이 캐리어를 꺼낸다는 것은 멀리 떠난다는 의미. 반려동물을 두고 여행을 떠나면 항상 미안함이 앞선다. 함께 여행할 수 있으면 좋겠지만, 모두에게 바람직하지 않은 일이다.

집사… 나 버리고 가냐옹?!

산타리의 일정은 우리 모두를 불안에 떨게 했다. 산타리의 사무실은 강남 코엑스 근처, 퇴근 시간은 7시. 2시간 20분 만에 인천공항에 와서 비행기를 타는 것이 가능하단 말인가?

새벽에 도심 공항 체크인을 하고, 퇴근하자마자 급행열차에 뛰어든 산타리가 게이트에 모습을 드러낸 것은 탑승 수속 직전. 오는 동안 산타리는 이런 카톡을 보냈다.

다시는 퇴근하고 비행기 타는 짓 안 한다.

그러나 우리는 알고 있다. 산타리는 놀러갈 건수가 생기면 다시 이 미친 짓을 할 수도 있다는 것을.

여유가 없는 것. 직장인은 돈이 아무리 많아도 여유가 없기 때문에 행복할 수 없다는 얘기를 들었다. 지난 며칠간 여유가 없어서 다소 불행했다.

각자 비행기를 예매해서 자리가 떨어져 있었다. 탑승 후 우리는 방콕에서 보자고 인사하며 각자의 자리로 갔다. 기내에서의 다섯 시간은 앞으로의 열흘 중 얼마 안 되는 혼자만의 시간일 것이다. 누군가는 쌓인 피로를 풀려고 잠을 자고, 누군가는 읽고 싶었던 책을 읽었다. 나는 밀린 일들을 처리하기로 했다.

비행기는 정말 끝내주는 업무환경이다. 인터넷이 끊기기 때문이다. 예전에 그런 소릴 들은 적이 있다. 신은 작가에게 컴퓨터를 주었고, 악마는 그 컴퓨터에 랜선을 꽂았다. 인터넷과 차단된 하늘 위에서, 좀처럼 볼 수 없었던 미친 집중력을 발휘해 목표한 일을 끝낼 수 있었다.

공항 도착 후, 예약해둔 숙소로 갔다. 늦은 시각이라 피곤했지만 우리는 다음 날 일정에 대해 이야기했다. 우리가 하고 싶었던 일들은 다음과 같다.

🐦 은시리 : 발레, 헤나

🐒 우놔놔 : 폴댄스, 맛있는 것

🐘 산타리 : 마사지, 맛있는 것

🦥 융융이 : 뭐든 좋다, 맛있는 것

발레에 미친 사람들에게는 공통의 로망이 있다. 외국 여행을 할 때마다 그 도시에서 발레 수업을 들어보는 것이다. 우놔놔의 취미가 폴댄스라는 얘기를 들었을 때, 어찌나 기쁘던지. 우놔놔에게 따로 연락을 해서 댄스 스튜디오를 찾고, 수업 시간까지 알아두었다.

다음 날 우놔놔와 나는 각각 폴댄스 스튜디오와 발레 스튜디오로 향했다. 발레에 대한 사랑은 가질 수 없는 것에 대한 열망에 가깝다. 다른 춤에 비해 극도로 정형화되어 있어서 기본기만 배우는 데에도 10년이 모자라다. 그런 춤을 어른이 되어 처음으로 배우려니 나의 모습이 황새 쫓아가는 뱁새처럼 느껴진다.

짧은 시간이나마 발레를 배우면서 느끼는 점은 다음과 같다. 첫째, 즐긴다는 말은 프로에게는 부적합하다. 즐기는 것은 취미이기에 가능한 일이다. 나도 이렇게 스트레스를 받는데, 전공을 하면 그 스트레스가 어느 정도일지 가늠조차 하기 싫다.

둘째, 행복이란 건 마냥 즐거운 것, 편안함이 아니다. 발레를 배우는 행위는 객관적으로 즐거움과는 거리가 멀 수도 있다. 수업 들을 땐 힘들어 죽을 것 같고, 다음 날엔 근육통에 시달린다. 그래도 다음 날이 되면 또 가고 싶다.

내가 무슨 부귀영화를 누리겠다고 이 고생을 하며 이 고통을 참고 있는 걸까? 어쩌면 행복이란 진흙 속에서 피어나는 연꽃처럼, 고난과 역경 속에서 잠깐 피어나는 찰나일지도 모르겠다.

발레를 하고 맛있는 음식까지 먹으니 더할 나위 없었다. 우냐냐와 융융이에게는 방콕에서 보내는 마지막 날, 이대로 숙소에 들어가기는 아쉬웠다. 방콕에 왔으면 카오산 로드지! 하며 호기롭게 길을 나섰다. 그러나 카오산 로드는 카오스 로드라고 불리는 것이 더 어울릴 정도로 혼잡했다. 우리는 헤나를 하고, 도망치듯 숙소로 돌아왔다. 이번 여행의 진짜 시작을 위해, 우리는 바로 잠자리에 들었다.

방콕의 야경

혼돈의 카오산 로드

2
스릴 넘치는 곡예비행

부탄행 비행기의 출발 시각은 새벽 6시 반이다. 그래서 넉넉하게 4시까지 공항에 가기로 했다. 그러나 꼭두새벽부터 공항은 아수라장. 체크인 줄은 끝없이 늘어서 있는데, 줄어들 생각을 안 했다.

비행기는 인도 콜카타를 경유해서 승객의 절반 이상은 부탄이 아니라 콜카타로 가는 사람들이었다. 태국 가전제품 가격이 저렴해서, 인도 사람들은 저마다 텔레비전을 서너 대씩 가지고 기다렸다. 사정이 이런데 카운터에 직원은 두 명뿐이었다. 한 명은 비즈니스, 한 명은 이코노미. 그 말은, 이코노미 승객들은 무작정 기다려야 한다는 것!

그 와중에 눈에 띄는 무리가 있었으니, 미국 단체 관광객과 그들을 이끄는 가이드 언니였다. 검은 슈트에 하이힐을 신은, 군살 하나 없는 중년의 빨강머리 미녀. 맨해튼 브런치 카페에서 시저 샐러드에 베이컨 빼달라고 할 것처럼 생긴 언니는 체크인 카운터를 분주히 오가며 뭔가를 강력히 주장하고 있었다. 비즈니스 카운터는 상대적으로 한가하니 틈틈이 고객들 탑승 수속을 해줬으면 좋겠다는 내용이었다.

직원들은 처음엔 고개를 저었지만, 이 언니는 결국 설득에 성공했다. '나는 지금 열 받지만, 교양 있는 선진국의 시민이기 때문에 참는다.'는 표정을 지으며, 자신의 고객들을 적절한 유머로 안심시키며, 조금이라도 탑승 수속을 빨리하려고 뛰어다녔다. 진정한 프로였다. 우리는 그 언니를 잔 다르크 바라보듯 바라보았다.

산타리's 불행의 조건 2

상대방을 이해할 수 없다고 느낄 때. 체크인을 하는 데만 1시간 넘게 걸렸다. 이 상황을 이해할 수 없어서 짜증이 났다. 그러려니 하며 기다리는 게 나을까, 아니면 미국인처럼 방법을 찾는 게 나을까? 서울이었다면 후자였겠지만 이번 여행에서는 그러지 않기로 했다.

출발 30분 전 게이트에 겨우 도착해서 이륙하기도 전에 곯아떨어졌다가 착륙 안내 방송에 눈을 떴다. 이번 착륙은 콜카타. 고속버스처럼 내릴 사람만 내리고, 새로운 사람들이 타고, 부탄까지 갈 승객들은 비행기 안에서 대기했다. 그러는 동안 연료량을 조절한다고 했다. 부탄 공항이 워낙 작아서 활주로가 짧기 때문에, 기체가 일정 무게 이하여야 착륙이 된다.

배낭여행자들의 무덤이라 불리는 인도. 흉흉한 소문도 많고 황홀한 이야기도 많다. 여기까지 왔는데, 내릴 수 없는 것이 아쉬웠다. 언젠가 가볼 수 있는 기회가 있기를 바라며,

인도와 작별 인사를 했다.

콜카타에서 부탄까지는 한 시간 조금 넘게 걸렸다. 정신을 차리니 나와 융융이의 옆자리에 앉은 부탄 청년이 눈에 들어왔다. 청년은 지친 기색 없이 반갑게 인사를 했다. 내가 깨기를 기다렸던 것 같다. 청년의 이름은 소남 펠조르Somam Pelljor. 부탄 스카우트 연맹 직원으로, 아제르바이잔에 다녀오는 길이라고 했다.

소남은 2023년에 한국이 잼버리 대회 개최지가 되어 한국에 갈 수 있다고 기뻐했다. 그러면서 한국 사람들과 찍은 사진을 일일이 찾아서 보여주었다. 나는 두 가지에 놀랐다. 첫째는 이 청년이 최신 아이폰을 가지고 있고, SNS를 무척이나 활발하게 한다는 것이었다.

둘째는 지치지도 않고 계속해서 나와 융융이에 대해 궁금해하며 대화를 이어갔다는 것이다. 부탄은 처음 방문하는 거냐, 무엇을 기대하며 부탄에 왔냐, 어디 어디에 갈 계획이냐… 어려운 일 있으면 연락하라고 이메일까지 적어준 친절함이 고마웠지만, 피곤해 죽을 것 같았다.

대화 중간에도 쏟아지는 졸음을 참을 수가 없었는데, 이 청년은 강철 체력인 걸까? 다시 집으로 돌아가 가족들을 만날 생각을 하니 정말 행복하다고 말하는 청년을 보며 생각했다.

'부탄 사람들은 정말 다 이래?'

몸도 마음도 지쳐갈 때쯤, 협곡이 나타났다. 보통 비행기 창밖 풍경이라 함은 끝없는 하늘이 펼쳐져 있고, 밑을 굽어 보아야 저 멀리에 땅이 보이는 게 정상이다. 그런데 왼쪽 창을 보아도, 오른쪽 창을 보아도 하늘은 보이지 않고 산맥이 보였다. 그러니까 비행기는 지금 산과 산 사이, 협곡을 구불구불 날아가고 있는 것이었다. 이런 데를 비행기가 갈 수 있어? 하는 생각이 들었다.

　비행기는 S자 비행을 하며 고도를 낮추기 시작했다. 비행기 양 날개가 양옆의 산자락에 닿을 것 같이 보이고, 기체는 왼쪽 오른쪽 번갈아가며 기울어졌다. 비행기 날개가 창밖에 보이는 숲과 금방이라도 부딪칠 것처럼 보였다. 실제로 그렇지 않다는 걸 알면서도 무서웠다.

　응? 여기 어디에 공항이…? 있긴 있어? 싶을 때쯤, 비행기는 사뿐히 활주로에 내려앉았다. 파로 공항의 활주로는 하나. 막대기처럼 생긴 길 하나가 전부다. 게이트 번호도 없다. 활주로에 내려서 앞에 보이는 건물로 들어가면 된다. 해발 2600m, 드디어 부탄 파로 공항에 도착했다.

3
활주로 한 개짜리 국제공항

비행기에서 내리니 시공을 초월한 느낌이었다. 계단이 연결되어 있어 바로 활주로로 걸어 내려갔다. 산타리는 여행을 그렇게 많이 다녔어도 이렇게 공항에서 사진을 많이 찍은 것은 처음이라고 말했다.

"와, 살 것 같다!"
"공기가 이렇게 맑을 수가 없어!"

처음 느껴본 부탄의 공기는 충격적이었다. 숨을 들이마시는 순간 온몸의 세포들이 환호성을 지르는 것 같았다. 이제 살았다! 신난다! 미세먼지 가득한 서울 공기에 적응해야 했던 폐가 해방되는 기분이었다.

공항은 작지만 아담하고 차분했다. 크고 차갑고 정신없음이 공항의 본질이라 생각했는데, 이런 공항은 처음이었다. 전통의상을 유니폼으로 입은 직원들은 승객들을 미소로 맞이해주었다. 무뚝뚝하지 않은 공항 직원도 처음이다!

활주로가 하나라서 비행기가 뜨고 내리는 건 한 번에 한 대씩만 가능하다. 그러니 공항이 붐빌 일은 없다. 입국 심사도, 수하물 찾기도 순식간에 이뤄졌다. 불과 4시간 만에 우리는 전혀 다른 세상에 도착했다.

공항을 빠져나와 가이드를 찾았다. 공항 입구에는 부탄 전통의상을 입은 가이드들이 저마다 하얀 스카프를 한 아름 들고 있었다. 그 사이로 우리 넷의 영문 이름이 적힌 종이를 들고 있는 남자가 보였다. 앞으로 5박 6일 동안 우리를 책임질 가이드, 니룹이었다.

니룹은 흰색 스카프 카타Kata를 목에 걸어주었다. 카타는 티베트 문화권의 전통으로, 손님을 환영하는 의미라고 했다. 하늘거리는 스카프를 두르니 마음도 가벼워졌다. 여행 시작부터 진심으로 환영받는 기분이었다. 니룹은 자신의 이름이 축복Blessing이라는 뜻이라고 알려주었다.

니룹은 우리에게 운전사 툭텐을 소개시켜 주었다. 툭텐 역시 6일간 우리와 모든 일정을 함께 할 것이었다. 건장하고 다부진 체격이 인상적인 툭텐은 과묵했다. 6인승으로 개조한 스타렉스는 차 냄새도 전혀 없었고, 시트도 편안했다.

가이드 니룹, 운전사 툭텐과는 일정 내내 참으로 많은 이야기를 나누었다. 니룹과 툭텐은 둘 다 영어를 잘했다. 부탄 가이드들은 영어 능통자다. 한국어를 할 수 있는 가이드도 있는데, 영어가 아닌 언어 가이드는 추가 요금이 있다. 우리는 한 푼이라도 아끼기 위해 주저 없이 영어 가이드를 선택했다.

  니룹, 툭텐과의 대화를 어떻게 써야 할지 고민했다. 니룹과 툭텐은 우리에게 최고의 대접을 해주었고, 우리 역시 두 사람을 감사한 마음으로 대했다. 그러나 동시에 매우 친근하게 장난치고 때로는 진지한 이야기도 허물없이 나누었다. 그리고 이렇게 인연이 닿아 친구가 되었으니, 영어로 나눈 대화는 반말로 옮긴다.

  처음에는 제대로 된 영어로 대화를 했는데, 갈수록 엉터리 영어를 썼다. 반쯤은 재미로, 반쯤은 귀찮아서였다. 니룹과 툭텐은 우리의 한국말을 따라하고, 우리는 부탄의 언어인 종카어를 간단히 배우며 소통을 했다.

  "오늘은 파로에서 관광 하나 하고, 팀푸로 갈 거야. 일정표에 쓰여 있는 나머지 관광은 5일 차에 할게. 나만 믿어."

니룹은 일정표를 보며 일정을 브리핑했다. 부탄 정부는 관광의 질을 보장하기 위해 비교적 세심한 규정들을 만들어 두었다. 비자를 발급할 때, 날짜별 방문지와 숙소를 확정해 둔다.

가이드는 준공무원으로, 여행사에 속해 있지만 매 투어가 끝날 때마다 정부에 보고서를 제출해야 한다. 미리 신고한 대로 여행했으며, 각 여행지별로 방문해야 할 곳을 모두 방문했음을 증빙하는 것이다. 니룹은 행정구역이 바뀔 때마다 행정구역 경계에 있는 초소 같은 사무실에 들러 서류작업을 했다.

그리고 관광지에 갈 때마다 우리 넷이 다 나오는 '인증샷'을 꼭 찍었다. 사진 역시 첨부해야 하는 모양이었다. 이렇게 철저한 관리 덕분에 여행자 입장에서는 바가지 걱정 없이 여행할 수 있었다.

산타리's 행복의 조건1

맑은 공기를 마셨을 때. 드디어 부탄에 도착했다. 공항에 내렸을 때 온몸으로 느껴지던 신선한 공기에 눈이 뜨이는 것 같았다. 아기자기한 문양과 왕의 사진으로 꾸며져 있던 파로 공항은 잊지 못할 것 같다. 공기도 좋고 차는 낮은 속도로 달리니 바람이 산들산들 불고, 잠은 노곤노곤하게 오고, 무념무상의 시간이 행복했다.

우놔놔's 끄적끄적1

부탄에 내리는 순간 코가 뻥 뚫리는 기분이었다. 가시거리가 엄청 멀어서 내 눈이 제대로 보고 있는지 의심스러울 정도였다. 서울과 달리 모든 게 너무 선명하게 보여서 신기하다. 갑자기 시력이 확 좋아진 느낌이다.

4
절에 소풍 온 사람들

차를 타고 도로에 들어서는 순간 가장 눈에 띄는 것은 역시 개와 소들이다. 차도 곳곳을 개와 소들이 점령하고 있는데, 지나가는 게 아니라 널브러져서 낮잠을 자고 있다. 차들이 쌩쌩 지나가면 진동이 느껴질 텐데도 천하태평이다. 툭텐은 속도를 별로 줄이지 않으면서도 동물들을 요리조리 피해 가는 곡예운전을 선보였다.

부탄의 첫 행선지는 파로 종Paro Rinpung Dzong이다. 종은 부탄 특유의 독특한 기관인데, 불교 사원과 행정구역이 함께 있다. 부탄 여행에서 방문하는 관광지 대부분이 종 아니면 라캉Lhakhang이다. 라캉은 사원으로, 우리나라 절 같은 곳이다.

"파로 종은 오래된 종들 중 하나야. 부탄을 통일한 샵둥 냐왕 남걀이 지었지."

"샵… 뭐라고?"

"샵둥 냐왕 남걀."

"!@#$%^??"

처음 샵둥 냐왕 남걀의 이름을 들었을 때는 아무도 알아듣지 못했다. 사람 이름이 뭐 이래? 하지만 하루에도 몇 번씩 언급되다 보니, 어느새 입에 착 붙었다. 그만큼 샵둥 냐왕 남걀은 부탄 역사와 문화에서 중요한 위치를 차지하는 사람이다.

종은 침략을 방어하기 위한 목적도 있었기 때문에 높은 곳에 요새처럼 지었다. 앞서 말한 것처럼 건물은 행정구역과 사원구역으로 나뉘는데, 여행자들은 사원 구역에만 들어갈 수 있었다. 행정구역 안에서는 지역 공무원들의 사무 공간도 있고, 법원도 있다고 한다. 휴일이라 그런지 종 근처에는 사람들이 많았다.

"대박. 한 명도 안 빼놓고 다 전통복장을 입었어."
"개들이 진짜 많다. 사람만큼 많아!"

종 입구에서부터 우리는 독특한 풍경에 눈길을 빼앗겼다. 전통의상을 입은 사람들과 무수한 개들이 평화롭게 오가는 모습은 부탄의 첫인상이 되었다. 그때, 한 소녀가 다가왔다. 열두 살 정도 되어 보였다.

"지금 입고 있는 옷이 한복 맞죠? 같이 사진 찍고 싶어요."
"아… 사진! 좋아요."

부탄 여행을 오기 전, 한복을 입고 외국 여행을 하고 싶다는 생각을 했다. 마침 생활한복을 선물 받아 입고 왔는데, 부탄 사람들이 한복을 알아보리라고는 생각지도 못했다. 그리고 부탄 사람에게 사진 찍자는 요청을 받을 줄은 더더욱 몰랐다. 유창한 영어로 또박또박 말을 걸어오는 부탄 소녀에게 오히려 우리가 당황했다.

"자, 찍습니다. 하나, 둘, 셋!"

소녀의 어머니는 아이폰을 꺼내 촬영을 하셨다. 어정쩡한 자세로 사진을 찍는 나를 보고 친구들이 웃음을 터뜨렸다. 부탄과 부탄 사람에 대한 선입견이 깨지는 순간이었다. 주위를 둘러보니 지나가는 사람들이 흥미로운 눈길로 우리를 바라보았다. 여행자는 우리인데, 우리가 관광을 당하는 기분이었다.

파로 종은 생각보다 훨씬 거대했다. 'ㅁ'자를 2개 붙여놓은 것처럼 생겨서, 2개의 커

한복을 좋아하는 부탄 소녀

다란 광장이 있다. 종교 구역 광장에는 벽면을 따라 마니차 Praying wheel가 늘어서 있었다.

"마니차다!"

우리는 일제히 마니차로 다가가 쭉 늘어선 통을 돌렸다. 마니차는 티베트 불교권 어디에나 있는데, 겉에는 만트라眞言가 새겨져 있고, 통 안에는 불경을 쓴 종이가 돌돌 말려 들어 있다. 마니차는 크기도, 모양도 천차만별이다. 손바닥보다 작아서 들고 다닐 수 있는 것부터 사람 몸보다 훨씬 큰 것까지 있다. 벽면에 수십 개가 붙어 있기도 하고, 3, 4개씩 있기도 하다.

여러 마니차들의 공통점은 손으로 돌릴 수 있다는 것. 보통 시계방향으로 돌린다. 벽면에 쭉 늘어선 마니차는 벽면을 걸어가면서 하나하나 손으로 스치듯 돌리면 된다. 마니차가 널리 쓰인 이유는 문맹률 때문이다. 옛날에는 티베트 불교 지역의 문맹률이 매우 높았기 때문에, 일반 사람들은 불경을 읽을 수 없었다. 그래서 왼손으로는 108 염주를 돌리고, 오른손으로는 마니차를 돌리면 불경을 읽은 것과 같은 수행을 한다고 여겼다.

겉에 써 있는 만트라는 주로 '옴 마니 파드메 훔'이다. 불교를 믿지 않더라도 우리나라 사람들에게 익숙한 말이다. 독실한 불교 신자셨던 친할머니는 아침마다 이 말을 반복해서

'옴 마니 파드메 훔'의 의미

옴(Om) : 태초부터 울려온 우주의 소리
마니(Mani) : 여의주(보석). 티 없는 지혜
파드메(Padme) : 연꽃. 무한한 자비를 상징
훔(Hum) : 우주의 수많은 존재들이 담고 있는 소리

여기까지만 촬영이 가능하다.

중얼중얼 외우셨다. 한국과 부탄, 이렇게 멀리 떨어진 곳에
서 사람들이 비슷한 믿음을 가지고 같은 말을 읊조린다는
것이 신기했다.

니룹은 우리를 건물 안으로 안내했다. 부탄의 모든 사원
은 문화 보호 차원에서 내부 촬영이 금지되어 있었다. 부탄
정부의 방침을 이해하고 존중하면서도, 순간순간 아쉬움을
감출 수 없었다. 외관도 멋지지만 내부의 화려함은 글로 표
현할 수 없는 수준이기 때문이다.

"안에는 사진 찍으면 안 돼. 찍어도 되는 곳과 안 되는 곳

은 계속해서 알려줄게."

사원 구역 입구부터 형형색색의 벽화가 펼쳐져 있었다. 니룹은 벽화를 하나하나 짚어가며 그림의 의미를 설명해주었다. 여기서부터 우리는 대혼란을 겪었는데, 그 이유는 두 가지였다.

첫째, 우리의 불교 지식이 깊지 않았다. 문과 여자 넷이라 동양 윤리를 배워서 일자무식은 아니지만, 고등학교 때 암기한 내용이 온전히 남아 있을 리 없었다. 불교 용어 몇 개를 주워섬길 수는 있으나, 하나의 큰 구조로 그림을 그릴 수준이 안 되는 것이다.

둘째, 니룹은 쉽고 재미있게 설명해주는 베테랑 가이드였지만, 영어를 썼다. 모든 불교 용어 역시 영어. 한국말로 들어도 알아들을까 말까 한 내용을 영어로 들으니, 머릿속 회로가 꼬이는 기분이었다. 결국 우리는 여행 내내 장님 코끼리 만지듯 몇 번이고 다시 설명을 들어야 했다.

니룹이 가리킨 풍경화의 '6장생'이 그 혼란의 시작이었다. 부탄에는 장수를 뜻하는 6개의 상징이 있다는 이야기를 듣자마자, 우리는 서로를 쳐다봤다.

"10장생 아니야?"
"니룹, 10장생이 아니라 6장생이 확실해?"

니룹은 우리의 이야기를 흥미로워했다.

"한국의 10장생은 어떤 것들이야?"

"뭔지 알아?"

"학…? 거북이…?"

"한 번도 열 개가 뭔지 생각해본 적이 없어."

"이런 십장생…."

결국 우리는 이야기를 꺼낸 것이 무색하게 웃음으로 얼버

무리고 말았다. 나중에 찾아보니 해, 산, 물, 돌, 소나무, 달, 불로초, 거북, 학, 사슴이었다. 대나무가 들어가기도 하고, 달 대신 구름이 들어가기도 한다. 평소에 참 관심이 없었구나 싶었다.

6장생 옆에는 열두 동물이 그려져 있었다. 쥐, 소, 호랑이, 용, 뱀… 순서도, 종류도 너무나 익숙한 조합이다. 우리는 동시에 외쳤다.

"열두 띠다!"
"한국도 똑같지? 한국 사람들은 다 반가워하더라."

부탄과 한국의 공통점은 바로 나이 세는 방식이 같다는 것! 외국 여행을 다니다 보면 몇 살이냐는 질문을 많이 받는다. 그때마다 우리는 만 나이를 재빨리 세어보아야 하지만 부탄에서는 그럴 필요가 없었다. 숫자를 말할 필요도 없이 띠를 말하면 된다.

"너희들은 무슨 띠야?"
"은시리, 윰윰, 산타리는 뱀띠고 나는 말띠야."

우뇨뇨가 한 번에 정리해서 대답해주었다. 니룹은 '오호' 하는 표정으로 우리를 보았다. 처음에는 그 뜻을 알지 못했다. 그러나 니룹의 다음 말을 듣고 우리 역시 '호오?!' 하는 표정을 지을 수밖에 없었다.

"나는 소띠고, 툭텐은 호랑이띠야. 몇 살 차이 안 나지?"

사실 우리 모두 니룹과 툭텐을 봤을 때 최소 40대라고 생각했다. 부탄 여행기에서 부탄 사람 나이 맞추는 법을 읽었던 게 생각났다. 우리가 짐작하는 나이에서 열 살을 빼면 된다고 했는데, 정확했다. 안티 에이징이란 개념이 없고, 대중교통이 발달하지 않아 오래 걸어 다녀서 피부 노화가 빨리되는 것 같았다.

니룹은 처음 우리를 만났을 때 놀랐다고 했다. 이미 여권 정보를 제출했기 때문에 우리 나이를 대충은 알고 있었는데, 동안이라고 했다.

"외모로만 보면 10대라고 해도 믿겠어!"

양심적으로 얘기하자면, 우리나라에선 절대 그렇지 않다는 것은 잘 알고 있었다. 하지만 니룹이 빈말을 하는 게 아니라는 것도 알기 때문에, 모두가 기분이 좋아졌다.

열두 동물을 지나니 네 마리 동물이 탑처럼 차곡차곡 쌓여 있는 그림이 등장했다. 부탄에서 가장 유명한 전래동화, '조화로운 네 친구' 그림이었다. 보는 순간, 브레멘 음악대를 떠올렸다. 아시아권 이야기보다 유럽 이야기가 더 친숙하게 느껴지다니. 브레멘 음악대의 동물 친구들은 당나귀와 개와 고양이와 수탉이지만, 부탄의 네 친구는 코끼리, 원숭이, 토끼, 새다.

"옛날 옛날에, 동물들이 서로 과일나무가 자기 것이라고 주장했어. 코끼리는 자기가 저 나무를 제일 처음 봤다고 했고, 원숭이는 자기가 저 나무의 열매를 먹고 자랐다고 했고, 토끼는 저 나무가 어렸을 때 이파리를 먹었다고 했어. 그때, 새가 나타나서 저 나무의 씨앗을 자기가 심었다고 했어. 결국 동물들은 새를 대장으로 인정했지."

여기까지만 들어도 불교 느낌이 물씬 났다. 나무 한 그루에 모든 동물이 인연으로 얽혀 있다는 점에서도 그랬고, 동물의 종류가 다 초식동물인 점도 그랬다.

"네 동물은 사이좋게 나무를 가꾸었어. 나무에 열매가 맺혔는데, 너무 높아서 아무도 먹을 수가 없었어. 그래서 코끼리 위에 원숭이, 원숭이 위에 토끼, 토끼 위에 새가 올라타서 과일을 땄지. 네 친구는 과일을 사이좋게 나눠 먹었어."

아, 결말마저 정말 평화롭다! '조화로운 네 친구'라는 제목이 아깝지 않을 정도였다. 그러나 세속에 찌든 한국 여자 넷은 조용히 한국말로 이런 대화를 주고받았다.

"야, 새는 날 수 있으니까 새는 과일 딸 수 있지 않냐?"
"그러게. 내가 새면 물고 날아가버릴 텐데."
"우리 진짜… 순수하지 못하다."
"하아… 이번 생은 틀렸어."

니룹은 벽화 설명을 이어갔다. 이어지는 그림들은 충격적
이었다. 인간의 생로병사와 번뇌를 표현한 그림이었는데, 표
현 방식이나 수위가 너무 높아서 눈을 뗄 수 없었다. 남녀가
사랑을 나누는 장면과 아이를 낳는 장면이 극사실주의였다.
우리나라 절에 저런 그림이 그려져 있는 모습은 상상조차

할 수 없었다. 최소 19금 그림이었다.

"대박, 저 그림 내가 생각하는 그거 맞지?"
"너무 파격적인 거 아니야? 여기 절인데!"
"이런 벽화라면 계속 봐도 안 지루할 것 같아."
"느낌이 되게 묘하다…."

마음을 가다듬고, 다시 벽화를 보았다. 그러자 처음에 느끼지 못했던 점이 눈에 들어왔다. 그림 속 모습이 전혀 외설적이지 않았다. 엄마 아빠 손을 잡고 아장아장 걸어서 종에 온 아기들을 보며 생각했다. 부탄의 어린이들은 태어날 때부터 이런 그림을 '절에서' 보며 자라는구나.

막연한 선입견과는 달리, 부탄 사람들의 성생활이 매우 개방적이라는 이야기를 책에서 읽었다. 하지만 잘 상상이 가지 않았던 것이 사실이다. 벽화를 보며 '백문이 불여일견'이라는 말을 떠올렸다. 아무리 열심히 책을 읽었어도 이해하지 못했던 것을, 직접 와서 보고 한 방에 이해했다.

절에서는 낯설고도 익숙한 냄새가 났다. 향냄새였다. 법당에 들어섰을 때도 같은 느낌이 들었다. 처음 보는 곳이지만 어딘가 모르게 익숙했다. 부탄의 사원에서 쓰는 색깔, 문양이 우리나라의 절과 상상 이상으로 비슷하기 때문이었다.

종을 둘러보며 종교의 영향력에 대해 다시 한 번 생각하게 되었다. 종교의 힘이란 이렇게 강력한 것인가. 그 옛날에 하나의 사상과 문화가 그렇게 광범위하게 퍼질 수 있었다는 게 놀라웠다. 비행기 타고도 고생고생 온 걸 생각하며 고개를 저었다. 옛날 불교 전파자들이 내 엄살을 들으면 코웃음 치겠지.

"야, 우리 때는 말이야…."

문득 국사 시간에 배운 혜초 스님의 《왕오천축국전》이 생각났다. 이 책은 그야말로 발로 쓴 것 아닌가. 지금의 인도 지역과 페르시아 지역까지 갔다고 하니 얼마나 고생을 했을지 짐작조차 할 수 없다.

이 엄청난 사실을 좀 더 생생하게 소개해준다면 역사를 조금이나마 재미있게 배울 수 있지 않을까? 시간이 얼마나 걸렸는지, 얼마나 개고생을 했는지 자세한 소개가 있다면 재밌을 텐데.

그러나 금방 생각이 바뀌었다. 지금의 시험 제도라면 '혜초가 천축국까지 간 데 걸린 시간은?' 같은 문제가 오지선다형으로 나올지도 모른다. 시험을 위한 암기 사항이 되는 순간, 역사적 사건은 빛을 잃는다.

우리가 도착한 것은 일요일 오후. 우기라고 하지만 적당히 화창하고, 적당히 따뜻한 날씨였다. 그래서인지 사람들이 정말 많았다. 신기한 점은 사람들이 모여 있는데도 전혀 시끄럽지 않다는 것. 사람들은 종 바깥 잔디밭에 돗자리를 깔고 앉아 도시락을 먹고 있었고, 어떤 사람들은 법당 밖 그늘에 앉아 있었다.

무언가를 기다리는 것 같지는 않은데 가만히 앉아 있는 사람들을 보니 뭘 하는 건지 궁금했다. 니룹에게 물어보니 너무나 당연하지 않아? 하는 표정으로 이렇게 답했다.

"그들의 주말을 즐기고 있지."

이 사람들에게 종교는 일상이구나, 싶었다. 종교가 없는 나에게도 부탄 사람들 모습이 좋아 보였다. 종교에 집착하거

나 매몰된 것이 아니라, 자연스럽게 받아들이고 즐기는 것. 종 내부는 경건한 분위기였지만 사람을 주눅 들게 하는 엄숙함은 없었다. 니룹은 법당 안에서도 속삭이듯 말하지 않았다.

"법당 안에서 이렇게 떠들어도 돼?"
"우리나라의 문화와 종교를 여행자들에게 설명하는 것은 매우 중요한 일이야. 스님들도 이 정도의 대화는 시끄럽다고 생각하지 않아."

니룹은 당연하다는 듯 말했다. 우리가 설명을 듣는 와중에도 부탄 사람들은 절을 하고 기도를 했다. 정숙함을 강요하지 않는 법당이라니, 매력적이었다. 부탄의 불교에 대한 첫인상은 매우 신선하고 긍정적이었다.

5
감동의 첫 식사

새로운 여행지에 가면 가장 기대되면서 한편으로는 걱정도 되는 것, 바로 음식이다. 음식은 그 나라 생활의 핵심이다. 부탄에 올 때도 음식에 대한 기대가 있었다. 아시아 음식, 특히 강렬한 향신료를 특히 좋아한다. 인도 근처에 있으니 한 번도 먹어보지 못한 독특한 음식을 먹을 수 있을 거라고 생각했다.

그러나 부탄에 오기도 전에 기대를 접어야 했다. 여행기들을 종합해본 결과가 다음과 같았기 때문이다. 부탄 음식은 우리나라 시골 밥상과 크게 다르지 않다. 크게 이상하거나 먹기 힘든 음식이 없다. 대신 크게 맛있는 음식도 없다.

게다가 불교 신자인 부탄 사람들은 살생을 매우 큰 죄악이라고 생각해서 도축을 하지 않는다. 엄격한 채식을 하는 건 아니지만 도축 행위에 대한 반감이 크다. 육류의 대부분은 인도에서 수입한다. 자연사한 동물을 고기로 먹기도 한다. 해산물은 찾아보기 힘들다.

부탄을 여행하면 끼니 걱정은 안 해도 된다. 가이드가 알아서 삼시 세끼 잘 챙겨주기 때문이다. 여행자들이 가는 식당은 정부에서 철저하게 위생과 품질을 관리한다. 여행자들이 물갈이를 하지 않도록 개봉하지 않은 생수만 제공한다.

융융이의 아는 오빠들은 부탄 꿀팁이라며 다양하게 겁을 주었는데, 음식 이야기도 포함되어 있었다. '컵라면과 고추장은 필수!'라고 강조했다. 아는 오빠들은 음식도 입맛에 안 맞았나 보다.

우리는 반신반의하며 컵라면과 고추장 등을 챙겨왔다. 첫 식사 메뉴는 붉은 쌀, 토마토 달걀 볶음, 양배추 볶음, 만두, 브로콜리 무침 등이었다. 과일은 수박이 준비되어 있었다. 우리는 한 입 먹어보고는 동시에 외쳤다.

"겁나 맛있는데?"

음식 하나하나가 건강하고 정갈하며, 솔직한 맛이었다. 야구로 치면 변화구 없이 직구로만 구성되어 있었다. 재료가 무엇인지, 어떤 맛이 날지 정확히 예측 가능했다. 대신 승부수는 신선함이다. 유기농 식품인데다 인공 조미료도 쓰지 않아서 이렇게만 먹고 살면 정말 건강해지겠다 싶었다.

"역시, 예상이 맞았어. 맛있을 줄 알았어."
"없어서 못 먹지, 맛없어서 못 먹을 일은 없어."

6
평화는 높은 곳에 있다

파로 종도 구경하고 점심도 먹었으니, 이제는 팀푸로 출발할 시간. 팀푸는 부탄의 수도로, 해발 2320m에 있다. 인구는 10만 정도로, 강원도 동해시 인구수와 비슷하다. 파로에서 팀푸까지는 50km 정도지만 1시간 반에서 2시간을 잡고 가야 했다. 산에다 도로를 내면서 환경 보호를 위해 터널도 뚫지 않았기 때문이다.

차창 밖으로 끝없는 산과 숲이 보였다. 그리고 사이사이를 색색의 깃발들이 장식하고 있었다. 대나무 장대에 얇게 매달린 깃발과 직사각형 만국기 모양이 깃발들이 번갈아가며 등장했다. 니룹은 긴 장대를 룽다, 가렌다처럼 매달린 깃발을 타르초라고 부른다고 알려주었다. 깃발에는 역시나 '옴 마니 파드메 훔'이 적혀 있다. 타르초와 룽다를 스친 바람을 맞으면 깃발에 적힌 불경을 읽은 것과 같다고 했다.

룽다 Lungda
긴 장대에 불교 경전이 써진
깃발을 매단 것.
말갈기처럼 생겨서
바람이란 뜻의 룽風과
말이라는 뜻의 다馬를 합친 단어다.

타르초 Tharchog

긴 줄에 직사각형의 깃발이 줄줄이 달린 만국기 같은 형태. 우주의 5원소를 뜻하는 5가지 색깔을 번갈아가며 매단다. 하늘을 상징하는 파란색, 땅을 상징하는 노란색, 불을 상징하는 빨간색, 구름을 상징하는 흰색, 바다를 상징하는 초록색을 차례로 배치한다.

차는 끊임없이 흔들렸다. 그 와중에 융융이는 무릎 위에 노트북을 올려놓고 PPT를 만드는 묘기를 선보였다.

"융융아, 너 멀미 안 나?"

"눈 나빠질 거 같아요, 언니."

몸이 쉴 새 없이 흔들리는 와중에도 융융이의 시선은 노트북에 고정되어 있었다. 지역 축제 발표 자료를 만드는 중이었다. 융융이의 어머니는 지리산에서 약초 차 전도사로 활약하고 계시다. 융융이의 직책은 홍보실장. 제품을 홍보하고, 축제에 참가해서 설명회를 하고, 신규 사업 영역을 개척하는 것이 모두 융융이의 몫이다.

"이거 오늘까지 넘겨야 해."

직장인은 열심히 노력하면 일과 삶을 분리하는 것이 가능한데, 융융이는 일과 삶의 분리는 꿈도 꾸지 않는다고 했다. 심지어 사장님이 엄마라니. 융융이를 보며 우리는 깨달음을 얻었다.

"패밀리 비즈니스도 쉽지만은 않구나!"

산타리와 우뇨뇨는 휴가 기간만큼은 완벽하게 일을 잊을 수 있는 점이 좋다고 했다. 역시 모든 일에는 장단점이 있다. 우리는 융융이를 안쓰러운 눈으로 쳐다보다가 덜컹거리는 차 안에서 스르르 잠이 들었다.

팀푸는 어딜 가나 공사 중이었다. 개발이 한창 진행 중인 도시의 활기가 느껴졌다. 그렇다고는 해도 대도시의 느낌은 전혀 없었다. 부탄 기준으로 팀푸 집중 현상이 심해져서 건

축 높이 제한을 3층에서 5층으로 늘렸다고 한다. 팀푸 시내 어디에도 5층 이상의 건물은 없다.

한국 기준으로 한가로운 시내를 거닐며 평화를 만끽했다. 개들은 거리 곳곳에 아무 데나 늘어져서 낮잠을 즐기고 있었고, 서둘러 걷는 사람은 아무도 없었다. 부탄의 개들은 대부분 들개인데, 개체 수가 너무 늘어서 최근 5만 마리를 중성화했다고 한다. 도축도 안 하는 사람들이니 안락사는 생각할 수도 없는 방법이었을 것이다.

부탄에 왔다는 기쁨에 잠시 잊고 있었는데, 슬그머니 피로가 몰려왔다. 아침 일찍 움직인 데다 고도가 바뀌어서 그런 것 같았다. 고산병은 해발 2000~3000m 정도부터 나타난다고 하는데, 우리는 헉헉대고 등산하면서 올라온 게 아니라 비행기 타고 슝 내려서 그런지 처음엔 체감하지 못했다.

　그래도 몸은 거짓말을 하지 않는 것이, 나는 고도가 높아지면 손발이 붓는다. 산타리와 매주 산에 다닐 때도 그랬다. 보통은 등산하고 내려오면 가라앉는데, 여기는 해발 2000m가 넘는 곳. 이 고도에서 며칠을 보내야 한다. 양손은 역시나 바람 넣은 풍선처럼 빵빵하게 부었다. 주먹이 잘 쥐어지지 않았다.

　산책을 즐기고 있는데 니룹이 보이지 않았다. 뒤를 돌아보니 니룹이 고개를 숙이고 있고, 툭텐이 니룹의 등을 두드리며 안마를 해주고 있었다. 처음 봤을 때부터 안색이 어두웠는데, 역시나 몸 상태가 안 좋았다. 전날까지 다른 팀을 가이드하고 밤새워 서류작업을 하느라 잠을 못 자서 그렇다고

했다. 우리는 얼른 숙소로 가기로 했다. 니룹도 우리도, 한숨 자고 나서 저녁을 먹으면 괜찮아질 것 같았다.

　우리가 묵기로 한 숙소, 피스풀 리조트Peaceful Resort는 팀푸 시내에서도 한참을 언덕길로 올라가서야 나타났다. 객실 내부는 소박하지만 깔끔했다. 침구도 호텔급이고, 화장실 물도 잘 내려가고 뜨거운 물 역시 잘 나왔다. 짐을 풀고 누우니 천국이 따로 없었다.

　"평화는 높은 곳에 있구나!"

부탄에서 쇼핑 삼매경

첫날 하루는 조용히 숙소에서 쉬려고 했다. 하지만 우리는 아직 20대의 청춘. 한숨 자고 일어나니 피곤함도, 손의 붓기도 스르르 가라앉았다. 좀이 쑤신 우리는 시내 구경에 나섰다. 호텔 프런트에 부탁해서 택시를 불렀다. 시내 구경을 하고 다시 호텔로 돌아가야 하기에, 택시 기사와 2시간 뒤, 같은 장소에서 만나기로 했다.

우리는 한 가게에 홀리듯 들어갔다. 부탄 전통의상을 파는 옷가게였다. 누가 봐도 외국인인 젊은 여자 네 명이 들어서니 가게 안 사람들의 시선이 집중되었다.

"키라를 살 건가요?"

직원은 영어로 우리에게 물었다. 우리가 그렇다고 하자 옷들을 내오기 시작했다. 부탄 남자 의상은 고Goh, 여자 의상은 키라Kira다. 키라의 상의는 고구려 벽화속 의상과 비슷하게 생겼다.

키라는 정식Full Kira과 약식Semi Kira이 있다. 일본의 기모노와 유카타처럼 격식을 갖춘 버전과 편안한 평상복의 차이다. 우리는 세미 키라를 골랐다.

키라 치마는 정말 편안하다. 일반 랩스커트는 바람이 불면 다리가 보이는 점이 불편한데, 키라는 그럴 일이 없다. 넓은 천을 절묘하게 접어두어서 가만히 있으면 몸에 딱 맞게 H라인으로 떨어진다. 그렇지만 성큼성큼 걸으면 접혔던 천이 펴지며 활동하기에 전혀 불편하지 않다. 바닥에 앉을 때도 편하게 앉을 수 있다.

"이거 진짜 너무 편해. 맨날 입고 다니고 싶어!"

우리는 신나서 온갖 키라를 입어보고, 사진도 찍으며 시

간 가는 줄 몰랐다. 그 와중 매의 눈으로 가게를 둘러보던 산타리가 점원을 불렀다.

"저기 있는 고 입어보고 싶어요."
"고는… 남자 옷인 건 알죠?"
"네, 입어보고 싶어요."

직원은 연신 고개를 갸웃하며 동료 직원들에게 말을 했다. 그 말을 들은 직원들이 역시나 혼란스러운 표정을 지으며 우르르 몰려왔다. 그러면서도 사이즈를 잰 후 이것저것 열심히 꺼내와서 입혀주었다.

고를 입은 산타리의 자태에 우리 모두 탄성을 질렀다. 산타리에 이어 융융이도 고 입기에 도전했다. 고는 우리나라 두루마기처럼 생겼는데, 길이는 발목까지 온다. 그걸 요리조리 접어서 끝단이 무릎 정도의 길이까지 오도록 입는다. 허리에는 케라라고 하는 벨트를 둘러서 고정시킨다.

긴 옷을 접어서 앞섶에는 커다란 공간이 생기는데, 알고 보니 그 공간이 부탄 남자들의 핸드백이었다. 그 안에 온갖 잡동사니를 넣고 다닌다. 여름에 더우면 고를 입은 상태에서 팔만 뺀 다음, 허리춤에 긴팔을 묶는다.

한참을 고민하던 산타리와 융융이는 고를 사지는 않았다. 한국에서 입고 다니기는 애매하기 때문이었다. 그래도 부탄에 오기 전부터 하고 싶었던 '전통의상 입어보기'에 성공해서 신이 났다. 부탄에 오기 전, 융융이의 아는 오빠들은 전통의상에 대한 꿀팁도 전해주었다.

"가이드한테 부탁하면 전통복장을 무료로 대여해줘. 입어보니 은근 괜찮더라."

하지만 알고 보니 가이드의 개인 옷을 빌려 입었던 것이었다. 우리 가이드 니룹은 싱글 남성이었다.

"아내가 있었으면 빌려줬을 텐데, 안타깝게도 나는 아내가 없어."

택시기사와 약속한 시간이 되어 약속장소로 향했지만, 그는 오지 않았다. 우리는 불안해지기 시작했다. 그때 산타리가 현자처럼 말했다.

"나는 여행을 할 때는 인간의 보편적 선의를 믿어. 그래야 마음을 열고 여행을 할 수 있더라."

산타리의 멋진 말 한마디에 우리는 30분을 더 기다렸지만, 결국 다른 택시를 잡아타고 숙소로 향했다. 나는 산타리에게 물었다.

"이런 경우는 어떻게 생각해? 결국 오지 않았잖아."

"여전히 선의를 믿어. 우리한테 피해는 안 줬잖아. 왔으면 돈 버는 건데, 안 왔다는 건 피치 못할 사정이 생겼다는 말일 거야."

깨달음을 얻은 사람처럼 말하는 산타리는 그 순간만큼은 부탄 사람처럼 보였다. 그동안 나는 혼자 하는 여행을 좋아했는데, 친구와의 여행이 왜 좋은지 알게 되었다. 친구가 옆에 없었더라면 느낄 수 없는 것들이 있다.

인간의 선의를 믿지만 그것을 맹신하지는 않는 것. 그들의 선의가 반드시 나에게 이득이 될 것이라는 생각은 버릴 것. 산타리 덕분에 또 하나를 배웠다.

택시 타고 오다가 니룹을 만났다. 팀푸 시내에 있는 집에 잠시 갔다 오는 길이라고 했다. 니룹은 본인에게 얘기 안 하고 우리끼리 돌아다녔다고 타박을 했다.

"너희끼리 돌아다니면 안 돼. 너희의 안전을 책임지는 건 내 의무라고. 앞으로 어딘가에 가고 싶으면 꼭 나한테 말해 줘야 해."

잔소리를 늘어놓던 니룹은 우리가 사온 키라를 보고 한숨을 푹푹 쉬었다. 우리가 산 키라는 부탄 전통 방식으로 짠

천이 아니라 인도에서 찍어낸 문양의 싸구려라고 했다. 얼마에 샀냐고 묻더니, 알쏭달쏭한 표정을 지었다.

알고 보니 여자 옷을 사본 적 없는 니룹은 시세를 전혀 모르고 있었다. 사실 관광객에게 바가지는 어느 정도의 숙명이라고 생각해서, 바가지 좀 썼다고 억울한 마음이 들 것 같지는 않았다.

니룹은 호텔 여직원들을 다 불러모으더니 우리 키라를 보여주며 이 가격이 맞는지에 대해 토론을 벌였다. 여직원들은 눈을 빛내며 다가오더니 옷을 요리조리 뜯어보며 토론을 시작했다. 니룹은 중간중간 토론 결과를 요약해서 말해주었다.

"바가지 맞아! You were cheated!"
"바가지 아니야! No you were not cheated!"

이 말을 서너 번 반복하다가 결국은 모르겠다며 고개를 저었다. 아마 직원들은 전통 방식으로 만든 옷만 사봤던 것 같다. 우리는 사기 당한 게 아니라는 결론을 내렸다. 터무니없는 가격이었다면 옥신각신하지도 않았을 테니까.

부탄 남자와 결혼한 미국 여성 린다 리밍의 에세이에서도 같은 상황을 본 적이 있다. 외국인이 뭔가를 샀다고 하면 마을 사람들이 모여서 바가지 쓴 것인지 아닌지를 놓고 토론을 했다고 한다. 이것 역시 부탄 사람들이 호의를 표시하는 방식이라고 생각하니 마냥 즐겁고 고마웠다.

8
인생 최고의 생일파티

부탄에 도착한 날은 내 생일이었다. 부탄 여행은 스스로에게 주는 생일선물이기도 했다. 20대 마지막 생일을 부탄에서 맞이하게 되다니, 이 얼마나 신기하고 신나는 일인지.

그러나 친구들은 파티를 해주고 싶었나 보다. 팀푸 시내에서 카페에 갔을 때, 케이크를 발견한 친구들의 눈이 빛났다. 우뇌뇌는 조각 케이크를 사며 점원에게 물었다.

"혹시 초와 성냥을 빌릴 수 있을까요?"

카페 직원은 잠깐 기다리라고 하더니 온 가게를 뒤지기 시작했다. "아니 없어도 괜찮아요. 그렇게까지 열심히…."라는 말이 튀어나오려는 찰나, 직원은 환한 미소를 지으며 작은 캔 양초와 성냥을 내놓았다. 성냥갑은 정말 오랜만에 보았다. 융융이가 성냥갑 옆면에 성냥을 칙 그어서 불을 붙였다.

"생일 축하합니다, 생일 축하합니다!"

　산타리와 융융이, 우냐냐는 다른 손님들이 들리지 않게 속삭이듯이 생일 축하 노래를 불러주었다. 소박하지만 더없이 만족스러운 생일 축하였다.

　그러나 이게 끝이 아닐 줄은 꿈에도 몰랐다. 호텔로 돌아와 저녁식사를 하려고 식당에 들어서니 직원들이 우리를 기다리고 있었다. 안내를 받아 들어간 방에는 드문드문 풍선 5개가 붙어 있고, 테이블에는 케이크와 와인 한 병이 놓여 있었다.

　"대박! 이런 생일파티는 태어나서 처음이야!"

비자 발급을 위해 여권 정보를 입력하다가 도착 첫날이 내 생일이라는 것을 알게 된 부탄 여행사 사장님의 서프라이즈 이벤트였다. 난생처음이라는 말은 과장이 아니었다. 매년 생일, 주위 사람들에게 축하를 받는 것은 너무도 당연했다. 기대하지 않았던 축하를 받는 기분이 이런 것이구나 싶었다. 초콜릿 케이크에는 이렇게 쓰여 있었다.

Happy Birthday, Eun-Jung Cho

깜짝파티의 주인공이 되는 것도, 내 이름이 쓰여진 케이크를 받아보는 것도 난생처음이었다. 서양식 생일파티 문화가 없는 부탄에서 이런 이벤트가 기다리고 있을 것이라고는 상상도 할 수 없었다.

"인도에 제빵 유학 갔다 온 파티쉐가 만든 케이크예요."

니룹의 보스, 유겐 텐진Ugyen Tenzin 사장님이 자랑스럽게 말했다. 노련한 비즈니스맨보다는 히피에 가까운 느낌이었다. 이외수 작가를 연상케 하는 외모의 사장님은 연신 푸근한 미소를 지으셨다. 초콜릿 케이크를 구해서 이름까지 써준 마음이 너무 고맙고 황송했다.

사장님은 우리 네 명 모두에게 크로스백도 선물해주었다. 부탄 전통 문양으로 된 니트 가방으로, 여행하며 들고 다니

기에 딱이었다. 나를 처음 보는 부탄 호텔 직원들과, 여행사 사장님과, 니룹과, 이 여행을 함께 떠나준 친구들이 한 데 모여 생일 축하 노래를 불러주었다.

저녁식사로는 간장에 졸인 돼지고기 수육 같은 요리가 나왔다. 돼지고기는 신선도를 유지하기가 어려워 굉장히 비싸고, 특별한 날에만 먹을 수 있는 음식이라고 했다. 이쯤 되니 감사함을 넘어 민망한 기분마저 들었다. 내가 뭐라고 이렇게 융숭한 대접을 해주는 것일까.

저녁식사 후, 케이크를 먹었다. 사실 단 걸 별로 좋아하지 않아서 케이크도 잘 먹지 않는다. 그러나 이 케이크는 맛이 아니라 감사한 마음으로 싹싹 긁어먹었다. 케이크가 객관적으로 맛있었냐고? 그건 중요치 않았다. 어느 고급 케이크와 비교하더라도, 내 인생 최고의 케이크는 부탄에서 받은 생일 케이크였다.

네 명이서 케이크 하나를 다 먹기에는 양이 너무 많았다. 우리는 케이크를 조각조각 잘라서 호텔 직원들에게 케이크를 나눠 먹자고 제안했다. 그 순간, 직원들의 표정을 잊을 수 없다. 눈이 커다래지면서 기쁨의 환한 미소를 짓는 직원들의 얼굴을 보니 진정 행복해졌다.

부탄에 와서도 생일을 챙겨주려 한 친구들, 깜짝 파티를 열어준 여행사, 나의 생일 케이크를 나누어 먹으며 기뻐하는 직원들, 어느 한 사람 빠짐없이 벅차게 고마웠다. 이렇게 내 인생 최고의 생일이자 부탄에서의 행복한 첫날이 마무리되었다.

축하의 마음을 나눌 때. 부탄에 들어온 날이 은시리 생일이었다. 한국에 있었다면 주변 사람들의 축하를 받았을 텐데, 여기서는 와이파이도 잘 안 되니 신경이 쓰였다. 다행히 시내 카페에서 조각 케이크를 팔았다. 케이크 한 조각, 초 하나, 성냥 하나로도 생일을 축하할 수 있음이 행복했다.

그런데 웬걸, 부탄 여행사 사장님이 은시리를 위해 와인과 케이크를 사고, 풍선까지 준비해줬다. 한 명의 여행자도 소중하게 생각하는 마음이 느껴졌다. 고객의 만족도 제고를 위해 이벤트를 했다 한들, 우리가 케이크를 먹기에 너무 배부른들 어떤가. 서로의 마음을 나누는 게 중요한 것이다.

아무 일도 일어나지 않을 줄 알았던 부탄의 하루가 지나갔다. 여기에서만큼은 마음과 머리가 복잡하지 않다. 눈을 감았다 뜨면, 내일은 다른 하루.

신호등 없는
수도,
팀푸

1
인생의 수레바퀴

한국에서는 올빼미 중의 올빼미 생활을 하는데, 부탄에 오니 밤에 할 게 없어서 일찍 잠이 들었다. 빛 없이 깜깜한 곳에서 잤더니 눈도 잘 떠졌다. 둘째 날부터는 고도가 높은 곳에 있다는 느낌 없이 컨디션이 좋아졌다.

첫 일정은 창강카 라캉Changangkha Lhakhang. 종은 행정과 사원 기능이 함께 있는 건물이고, 라캉은 절이다. 창강카 라캉은 어제 갔던 종에 비해서 매우 아담했다. 예전에는 스님들이

공부하는 대학이었는데, 지금은 사원의 기능이 더 커졌다.

창강카 라캉이 유명한 이유가 하나 더 있다. 아기가 태어나면 오는 절이기 때문이다. 팀푸 사람들은 아기가 태어나면 이곳에 와서 불공을 드리고 이름을 받아간다. 주위를 둘러보니 아기를 데리고 온 부부가 많았다. 부탄 사람들은 이름을 어떻게 짓나 궁금했는데, 이름 역시 불교 국가답게 절에서 짓는구나 싶었다.

창캉가 라캉에서도 니룹의 열정적인 설명이 이어졌고, 우리의 혼란도 계속됐다. 우리가 마주친 벽화에는 6등분으로 나뉜 커다란 수레바퀴가 있고, 그 수레를 도깨비같이 무섭게 생긴 누군가가 감싸고 있었다.

"저건 인생의 수레바퀴Wheel of Life야."

인생의 수레바퀴, 재빨리 머리를 굴렸다. 불교에서 삶의 순환이라면, '윤회'일 것이다. 여기까지는 괜찮았다.

"니룹, 저 무섭게 생긴 존재는 뭐야?"
"응, 저건 야마Yama 신이야."

야마? 처음 들어보는 신이었다. 재빨리 영어로 메모를 해놓았다. 나중에 검색해보니 야마는 염라대왕이었다. 생각해보니 당연히 연상 가능한 건데 왜 당시엔 생각이 안 났을까?

육도윤회를 나타낸 벽화

"이 수레바퀴는 인간이 벗어날 수 없는 삶과 죽음의 굴레를 뜻해. 깨달음을 얻지 못한다면 이 고통을 영원히 반복해야 한다는 뜻이야."

이번 생에서의 인과응보에 따라 6개 영역 어디에서 환생할지 정해진다고 했다. 윤회의 여섯 영역은 우리나라 불교에서는 육도윤회라 부른다.

1. 천상도 Heaven

선한 업을 많이 쌓은 사람들이 가는 극락세계. 그러나 아직 득도를 하지는 못한 상태라서, 계속 수행에 정진해야 한다. 선한 업에 대한 보상으로 머무는 것이기 때문에 선한 업이 다하면 떠나야 한다.

2. 인간도 Human Realm

선한 사람과 악한 사람이 공존하는, 인간들의 세계. 우리가 지금 살고 있는 세계가 인간도. 여기에서 어떤 삶을 사느냐에 따라 사후에 어디로 갈지 결정된다.

3. 축생도 Animal Realm

동물들의 세계로, 이성이 아닌 본능에 의해 지배당하는 세계다. 불교에서는 동물의 삶을 사람의 삶보다 힘들고 팍팍하다고 본다. 인간 본성을 잘 다스리지 못한 사람들이 동물로 태어난다고 한다.

4. 지옥도 Hell

육도 중 최악의 영역으로, 죄악을 저지른 인간들에게 벌을 주는 곳이다. 불지옥과 얼음지옥을 오가며 자신이 지은 죄에 대한 벌을 받는다.

5. 아귀도 Hunger Realm

이기적이고 탐욕스러웠던 사람들이 가는 세계로, 채워지지 않는 배고픔과 목마름에 시달리는 곳이다. 그래도 지옥보다는 조금 나은 곳이다.

6. 아수라도 Semi-Heaven

수행을 하다가 실패한 사람이나, 생전에 좋은 일과 나쁜 일 모두를 했던 사람들이 오는 곳. 천국에 가기엔 악행을 많이 저질렀고, 지옥에 가기엔 선행을 많이 한 사람들이 모여 있다. 천상도를 질투해서 계속 싸우려고 한다.

니룹에게 영어로 된 명칭을 들었을 때, 여섯 번째 영역이 신기했다.

"니룹, 반만 천국인 건 뭐야?"
"좋은 일도 나쁜 일도 많이 한 사람들이 가는 곳이지. 저기에도 신이 살기는 사는데, 평화로운 곳이 아니야."

나중에 '반만 천국'이 '아수라도'임을 알고 더욱 혼란스러웠다. 상황이 어지럽고 개판일 때, '아수라장'이라는 표현을 써서 아수라는 지옥 중 하나인 줄 알았는데! 머릿속이 그야말로 아수라장이 되었다. 불교 개념은 이야기로 들으면 재밌기는 한데, 제대로 이해하기는 정말 어렵다.

머리에 쥐나는 기분은 나만 느낀 건 아니었다. 친구들 역시 니룹의 설명이 끝나기가 무섭게 '니룹, 나 질문이 있어!' 하고 질문 세례를 퍼부었다. 니룹이 인내심을 가지고 포기하지 않아서 이만큼이나마 이해할 수 있었다.

창강카 라캉 역시 내부 사진 촬영은 불가능했다. 그런데 정말 사진을 찍고 싶은 순간이 있었다. 바로 일본 스님 팀이 들어왔을 때다. 일본식 법복을 입은 스님들은 일본어로 불경을 외며 절을 했다. 일본 절에 갔을 때도 이렇게 많은 스님은 보지 못했는데, 일본 스님들을 부탄에 와서 보게 되다니!

회색과 남색이 섞인 일본 승복은 부탄 스님들의 빨간 승복과는 전혀 느낌이 달랐다. 좁은 법당에 사람이 너무 많아져 떠밀리듯 밖으로 나왔는데, 입구에서 웃음이 터지고 말았다. 부탄의 법당은 우리나라 절과 마찬가지로 신발을 벗고 들어가야 한다. 입구에는 일본 게다 몇 켤레가 주르르 늘어서 있었다.

"신발 봐! 일본 스님들은 신발도 일본식이야."
"고무신은 우리나라 스님들만 신나 봐."
"근데 다 똑같이 생겼어. 자기 신발 어떻게 찾아 신지?"
"발바닥 봐봐, 이름 써져 있어."

자세히 보니 바닥이나 끈 부분에 한자로 이름이 쓰여 있었다. 그 모습이 왠지 귀여워서 웃음이 피식피식 나왔다.

2
집단 탑돌이 현장

창캉가 라캉을 나와 '국립 기념탑 National Memorial Chorten'으로 향했다. '초르텐'은 티베트 불교식 불탑을 말한다. 우리나라 불탑보다 훨씬 크고, 탑 안으로 들어갈 수 있는데 그 안에도 사원이 있다. 우리가 방문한 날은 일요일이어서 사원도 휴무. 그래도 외관이 강렬한 인상을 주기에, 외관을 보러 갔다.

이 초르텐은 팀푸 시민들에게 사랑받는 장소다. 우리나라에서 탑돌이를 하듯이 사람들은 초르텐을 시계방향으로 돌며 기도를 하고 있었다. 학생들도 하굣길에 습관적으로 들러 탑돌이를 하고 집에 간다고 했다.

"학생들이? 그러니까 어린이들이나 청소년들이 그런다고?"
"응. 우리한테는 굉장히 당연한 일상이야."

초르텐 옆에 있는 거대한 마니차 주변에는 노인들이 저마다 자리를 깔고 앉아서 휴대용 마니차와 염주를 돌리며 기도를 하고 있었다.

"초르텐 건물은 스투파^{Stupa}라고도 해. 부탄에는 수많은 스투파가 있어. 부처님이나 린포체가 남긴 보물들을 보관하는 곳이면서, 사람들이 기도하는 곳이기도 하지."

니룹은 부처님의 몸과 정신과 마음을 각각 표현하는 상징물이 있다고 이야기해주었다.

"부처님의 몸^{Body}은 불상에, 정신^{Spirit}은 경전에, 마음^{Mind}은 스투파에 담겼다고 믿어. 그래서 불상을 찾아가고, 경전을 읽거나 마니차를 돌리고, 스투파를 돌며 기도를 하는 거야."

니룹은 우리의 종교를 물었다. 다들 무교였다. 나는 불교 집안에서 자랐다고 얘기했다. 그러자 니룹은 눈을 반짝 빛냈다. 외할머니 49재를 지낸 이야기를 해주었더니 무척 신기해했다.

"한국에서도 49일은 중요한 의미를 가지는구나! 어떤 절차로 제사를 지내?"
"사람이 죽으면 일곱 번 심판의 기회가 온다고 믿는대. 그게 일주일에 한 번씩 오는데…. 그중에 한 번만이라도 깨달음을 얻으면 극락으로 갈 수 있대. 그래서 가족들이 깨달음을 얻기를 빌어주는 거야."

갑작스럽게 49재를 영어로 설명하려니 나도 모르게 땀이 삐질 났다. 그래도 이만큼이나마 설명할 수 있었던 것은 원조 설명 변태, 아빠 덕분이다. 일주일마다 제사를 일곱 번이나 지내는 건 너무 많다고 투덜거렸을 때, 아빠가 열정적으로 설명해줬기 때문이다. 그때는 대충 흘려들었는데, 부탄에 와서 써먹게 될 줄은 몰랐다. 아빠, 고마워요! 덕분에 망신은 면했어요.

이후, 나는 니룹에게 우리 집안의 불교 이야기를 해준 것을 살짝 후회했다. 방문하는 모든 종과 라캉에서 니룹이 나를 찾았기 때문이다.

"은시리, 너는 꼭 절해야지! 너는 꼭 이거 해봐야지!"

내가 믿는 게 아니라 가족들이 믿는 것이라고 말했지만, 니룹에게는 통하지 않았다.

"가족이 부디스트면, 너도 부디스트야."

니룹과 함께 여행한 지 이틀도 채 지나지 않아, 우리는 한 가지 사실을 깨달았다. 부탄이 아무리 작은 나라라지만, 니룹은 둘째가라면 서러울 마당발 인맥을 자랑한다는 것! 길에서 계속해서 아는 사람을 만났다. 학교 동창, 예전 직장 동료, 대학 동기… 서로 반갑게 악수하고 인사하는 광경이

되풀이되었다.

그렇지만 인간관계에 있어 만국 공통인 점이 있으니, 바로 상사와 함께 있는 건 불편하다는 것! 지난밤, 나의 생일파티를 위해 모였을 때 니룹은 다른 사람 같았다. 쉴 새 없이 농담을 던지고, 우리를 놀리는 니룹인데 보스 앞에서는 그렇게 과묵할 수가 없었다. 음식을 앞에 두고서도 먹는 둥 마는 둥, 어색한 웃음만을 짓다가 피곤하다며 슬그머니 방으로 들어갔다. 그 모습을 보고 산타리는 선언하듯 말했다.

"역시, 사람 사는 건 다 똑같아."

부디스트를 만나서 기쁜 니룹, 살짝 난감한 은시리

3
왕 붓다를 만나다

초르텐을 나선 우리는 차를 타고 더 높은 곳으로 구불구불 올라갔다. 올라가는 내내 목적지가 선명하게 보였다. 바로 51.5m의 거대한 좌불상. 세계적으로도 최대 규모라고 한다. 우뇨뇨는 멀리 보이는 불상을 보자마자 소리쳤다.

"대따 큰 왕붓다다!"

이후, 우리는 정식 이름을 까먹고 '왕붓다'라고 불렀다. 나중에야 찾아본 정식 이름은 붓다 도르덴마 불상^{Buddha Dordenma Statue}으로, 2015년 완공된 신상이다. 불상 밑 사원에는 12,500개의 불상들이 있다.

높은 곳에 올라 탁 트인 시야에 한 번 감탄하고, 엄청난 인파에 놀랐다. 팀푸 사람들은 여기 다 모였나? 싶을 정도였다. 알고 보니 석 달 동안 진행되는 법회가 열리고 있었다. 며칠씩 먹고 자려고 짐을 싸서 오는 사람도 있다고 했다.

그런데 이 높은 곳까지 올라와서 기도를 드리는 독실한 불교 신자들의 모습은 상상과는 전혀 달랐다. 법회에 참가한 동자승 몇몇은 스마트폰으로 게임을 하고 있었다. 스님들도 집중하지 않는 동자승들을 딱히 제지하지 않았다. 풍채 좋은 중년의 스님은 레이벤 선글라스를 뽐내는 중이었다.

《오래된 미래》의 저자 헬레나 노르베리 호지 역시 비슷한 상황을 적어놓았다. 라다크에서 달라이 라마의 설법 행사가 열렸는데, 웃고 떠들고 장난치는 모습을 보고 유럽 관광객이 실망했다는 것이다. 그러나 그들 입장에선 종교는 자연스러운 것이지, 본성을 억압하는 것이 아니다.

밤톨같이 머리를 깎고 뛰어다니는 동자승들을 보니 귀여우면서도 그들의 삶이 궁금해졌다. 어떤 아이들이 동자승이 될까? 우리나라 동자승은 고아인 경우가 많다고 들었다. 니룹에게 물어보니 다 부모가 있는 아이들이라고 했다.

"집안마다 한두 명은 출가를 시키는 편이야. 집안에 스님이 있다는 건 자랑스러운 일이거든."
"동자승을 그만두고 싶으면 어떻게 해?"
"선생님 스님한테 가서 이제 그만 집에 가고 싶다고 말하면 돼."

수행 생활을 하다가 일상생활로 돌아오면 혼란스러울 것 같았다. 정규교육 과정을 따라갈 수 있을지도 궁금했다. 동자승들도 학교에 간다고 해서 깜짝 놀랐다. 다시 한 번, 니룹은 나를 황당하다는 듯 쳐다보았다.

"스님들도 학교에 가?"
"그럼 스님들이 학교에 안 가?"

높이까지 올라왔으니, 우리는 거대한 불상 안으로 들어갔다. 니룹이 한 불상을 가리키며 말했다.

"저건 자비의 여신 Goddess of Mercy 이야."

또다시 시작된 수수께끼. 불교에 여신이 있었나? 니룹이 가리키는 불상은 여성적으로 생기기는 했다. 나중에 찾아보니 자비의 여신은 관세음보살이었다. 영어로 듣는 불교 용어는 역시나 신기하다.

"관세음보살은 자비로 사람들을 구원해. 그래서 천 개의 손과 천 개의 눈을 가진 모습으로 표현하기도 하지."

천수관음상이 관세음보살과 같다는 걸 처음 알게 되었다. 니룹이 천국의 부처님Heaven's Bhudda이라 말한 건 아미타불이었다. 그제야 '나무아미타불 관세음보살' 뜻을 알게 되었다. 아미타불과 관세음보살에게 귀의한다는 뜻이라고 한다. 나마스떼 할 때의 '나마'와 '나무'는 같은 뜻이다.

한참 설명을 듣고 있는데, 여기에서도 니룹을 반갑게 부르는 목소리가 들려왔다. 젊은 여자였다. 니룹과 반갑게 껴안으며 인사를 하더니 강한 어조로 이야기를 했다. 니룹은 살짝 난처하게 웃었다.

"사촌 형수님이야. 얼마 전에 아기를 낳으셨는데, 왜 아직도 아기를 보러 놀러오지 않냐고 혼났어."

니룹의 사촌 형수님은 한 달 전 출산을 하셨다는 것을 믿

기 어려울 정도로 활력이 넘쳐 보였다. 그리고 아기 없이 기도하고 싶어서 놀러왔다는 점도 인상적이었다. 집에서 누군가가 아기를 봐주고 있다는 뜻이니까. 니룹에게 물어봤더니 너무도 당연하다는 듯한 대답이 돌아왔다.

"아기? 사촌 형이 보고 있겠지."

부탄의 절에도 불전함이 있었다. 우리나라 절처럼 사람들은 돈을 통에 넣기도 하고, 제단에 올려진 접시 같은 곳에 올려놓기도 했다. 나는 반쯤은 자의로, 반쯤은 니룹의 눈치를 보며 불전함을 볼 때마다 조금씩 돈을 올려놓았다. 그런데 여기서 재미있는 시스템이 있었다. 큰 단위 돈밖에 없을 때, 사람들은 지폐 한 장을 내고 알아서 거스름돈을 가져갔다! 주섬주섬 액수를 세며 돈을 가져가는데, 가져가는 사람도 당당하고 주변 사람들도 신경 쓰지 않았다.

"니룹, 저거 봐봐! 사람들이 돈을 막 가져가!"

우리가 그 모습을 신기해하자 니룹은 다시 장난기가 발동한 표정을 지었다. 니룹은 우뇨뇨를 툭 치더니 불전함을 가리켰다.

"우리 이거 들고 튈래?"

밖으로 나온 후, 니룹은 거대한 좌불상을 가리키면서 이렇게 얘기했다.

"표면 금박은 진짜 금이야. 밤에 와서 칼로 긁어 갈래?"

농담을 좋아하는 니룹이지만, 부탄의 신앙에 대해서는 진지하게 설명해주었다. 부탄 사람들은 기복신앙은 수준 낮은 신앙이라 생각한다고 했다.

"우리는 자기 자신을 위해서 기도하지 않아."

그 말이 신기했다. 그럼 이 많은 사람들은 무슨 기도를 그렇게 간절히 하는 걸까? 부탄 사람들은 생명의 평화, 자연환경 보존, 이 두 가지를 기도한다고 했다. 문득 궁금해졌다. 니룹 역시 우리에게 여러 장소를 안내하면서도 끊임없이 기도를 했기 때문이다.

"그럼 아까 뭐라고 기도했어?"

순간, 니룹의 얼굴에 다시 장난꾸러기 같은 표정이 스쳤다.

"나 자신만을 위해서 기도했지. I only preyed for myself."
"뭐야, 말이 다르잖아!"

"모든 인간은 이기적인 법이야. Every human being is selfish."

니룹은 가이드 일을 하지 않는 날에는 항상 여기 와 있다고 했다. 왕붓다 주변에는 주황색 군복을 입은 사람들도 많았는데, 여군의 비중도 꽤 높았다. 주황색 군복은 대학을 졸업한 엘리트들의 명예 봉사 조직인데, 평소에는 생업에 종사하지만 유사시에는 군 조직으로 편입되어 여러 가지 일을 수행한다고 했다.

니룹은 주황색 군복을 입은 자신의 사진을 보여주었다. 고 입은 모습만 보다가 군복 입은 모습을 보니 다른 사람 같았다. 니룹은 네팔 대지진이 일어났을 때 네팔로 파견되어

재건 작업에 투입되었다고 했다.

"무섭지 않았어?"

"정말 무서웠어. 여진이 일어나면 죽을 수도 있겠다고 생각했으니까."

"그런데도 자원한 이유가 뭐야?"

"어려움에 처한 사람들을 돕는 건 우리 모두의 의무야."

장난꾸러기 니룹은 이 이야기를 할 때만큼은 더없이 진지한 목소리였다.

산타리's 행복의 조건3

높은 곳에 올라 아름다운 경치를 볼 때. 높은 곳이 좋다. 키가 크지만 높은 곳에서 경치를 감상하면 행복하다. 일상이 답답할 때도 높은 곳에 올라가면 가슴이 탁 트이고 행복해질 것만 같다. 부처 좌상이 있는 곳에서 팀푸 시내가 한눈에 들어왔다. 엄마는 높은 곳을 좋아하면 고독한 사람이라 하지만, 나중에 집을 지으면 경치 좋은 높은 곳에 짓고 싶다.

4
신개념 옷 공장

옷 공장Weaving Factory은 부탄 전통옷감을 만드는 곳인데, 공장이라는 말이 무색할 정도의 작은 집이었다. 우리나라 베틀과 거의 똑같이 생긴 베틀 앞에서, 노련한 솜씨로 천을 만드는 아주머니들의 모습을 넋 놓고 구경했다. 옷감에 대해서 보는 눈이 전혀 없지만 이분들이 만드는 옷감은 최고급이라는 것을 알 수 있었다.

"키라 한 벌을 만드는 데 필요한 천 만드는 데만 18개월 정도가 걸려."
"오래 걸려도 너무 오래 걸리는 거잖아?!"

핸드메이드 키라는 부탄에서도 최고급으로 가격이 어마어마하다고 했다. 고 역시 마찬가지. 옷 한 벌을 엄청나게 소중하게 여길 법하다. 고와 키라는 볼수록 참으로 아름답다. 키라와 고를 입은 부탄 사람들에게는 기품이 느껴졌다.

팀푸에는 인도, 네팔 사람들이 노동자로 많이 있는데, 그들은 생김새도 다르지만 청바지와 영어 프린트된 티셔츠를

입고 있어서 한눈에 구분할 수 있었다. 청바지에 티셔츠를 입은 그들의 모습은 매우 남루해 보였다.

건물 2층은 옷감을 파는 기념품점이었다. 주인과 니룹은 커다란 천을 펼쳐가며 연신 설명에 열을 올렸다. 이 천의 기법은 무엇인지, 얼마나 걸리는지, 가격은 얼마인지….

"이거… 사야 하는 분위기야?"
"한국에선 절대 못 입고 다닐 문양인데."

그러나 기우였다. 니룹과 주인은 설명이 끝나자 천을 착착 접고는 자리에 앉았다. 세일즈맨이 아니라 큐레이터 같은 느낌이었다. 니룹 역시 우리가 뭔가를 사든 말든 별 관심이 없었다.

"구경하고 싶은 만큼 구경하고, 다 구경하면 말해. 나가자."

가게 주인은 우리가 남자 신발을 신어보자 껄껄 웃음을 터뜨렸다. 니룹은 가게 주인에게 사탕 좀 달라고 하더니 우리에게 나누어주었다. 판매 실적이 중요한 패키지 관광이었다면 절대 불가능했을 풍경이다.

이 공장은 여행사와 미리 계약을 맺었을 것이다. 니룹 역시 우리를 어딘가에 데려갈 때마다 커미션을 받는 것이 아니라, 정부에서 월급을 받는다. 부탄 정부가 추구하는 관광 정책, 높은 가치와 낮은 영향이 바로 이런 것 아닐까 싶었다.

5
커피 한 잔의 여유

아침부터 열심히 돌아다니다 보니 우리가 사랑하는 식사 시간이 돌아왔다. 우리가 가장 좋아했던 반찬은 에마다체. 파란 고추를 채 썰어서 치즈와 버무린 음식이다. 청양고추 정도의 매운맛을 자랑한다. 부탄에서 거의 유일하게 자극적인 음식이었다. 심심해서 졸리기 직전에 잠을 깨워주는 맛이라고 할까.

우리의 입을 즐겁게 하는 음식이 하나 더 있었다. 바로 매끼니 빼먹지 않았던 맥주. 불교 국가라 금욕을 강조할 것 같고, 술도 많이 안 마실 것 같지만 부탄 사람들은 술을 사랑한다. 특히 맥주가 정말 맛있다. 우리가 즐겨 마신 맥주는 드룩 비어Druk beer. 알코올 함량은 8% 정도로 맥주치고는 도수가 높았다.

점심식사 후, 니룹을 기다리며 산책을 하던 우리는 베스킨라빈스와 일리스 커피 간판을 보고 가슴이 콩닥콩닥 뛰었다. 부탄의 음식은 건강하지만 심심하다. 며칠 지나니 몸에 안 좋은 것들을 먹고 싶다는 생각이 들었다.

"니룹, 우리 저기서 커피 한 잔만 마시고 가도 될까?"

마침 니룹은 또다시 친구를 만났기 때문에, 니룹은 친구와 이야기하러 가고 우리는 카페로 들어왔다. 부탄 여행 최대의 장점은 이런 여유로움이었다. 카페 내부는 깔끔했다. 팀푸에서도 세련된 사람들이 올 것 같은 분위기였다. 그리고 역시나 최대의 장점은 와이파이가 잡힌다는 거였다.

"오, 여기 와이파이 잡힌다!"
"와이파이 비밀번호 좀 알려주세요."

융융이의 한마디에 우리는 우르르 카운터로 몰려갔다. 부탄의 아름다운 풍경과 친절한 사람들에게 감동하고 있었지만, 어쩔 수 없는 디지털 세상 인간들이라 잠시 각자의 화면 속으로 들어갔다. 가족들에게 안부를 전하고, 사진을 친구들에게 보내고… 우리는 잠시 한국 세상 돌아가는 꼴을 감상한 후, 다시 부탄으로 돌아왔다.

산타리's 행복의 조건4

쉬고 싶을 때 쉬는 것. 점심 먹고 커피 한잔하고 싶을 때 니룹에게 부담 없이 커피타임 가지자고 말할 수 있는 것. 정해진 스케줄을 강요하는 것보다 충분히 기다려주고 배려해주니 행복한 여행이 되는 것 같다.

6
남의 학교 무단 침입?

부탄에 오기 전, 부탄 사람들의 생활을 들여다보고 싶었다. 그러나 수업 중인 학교 교실까지 들어가고 싶다는 의미는 아니었다. 국립 공예학교National Institute of 13 Arts and Craft를 방문하면 모든 교실에 들어가서 수업을 참관할 수 있다. 참관 가능 시간은 오후 2시에서 3시 반 사이였다.

정문에 들어서니 뜰 안에는 조화로운 네 친구 조각상이 있었다. 학교에 있어서 더 특별하게 다가왔다. 친구를 경쟁 상대가 아닌 협력 상대로 보게 하는 교육 철학이 엿보였다. 학교 벽면에는 종카어와 영어로 표어들이 쓰여 있었는데, 내용이 엄청났다.

> 기술을 익혀 중요한 사람이 되자!
> 스스로에게 유용한 사람이 되자.
> 부모님에게 유용한 사람이 되자.
> 공동체에 유용한 사람이 되자.
> Tsa-Wa-Sum에 유용한 사람이 되자.

이럴 땐 우리의 궁금증 해결사, 니룹을 부르면 된다.

"니룹, 저기 마지막에 Tsa-Wa-Sum은 무슨 뜻이야?"

"아하, 각각 왕King, 국가Country, 국민People을 뜻하지."

다음 벽면에 쓰여 있는 비전은 더욱 거창했다.

> 본 학교는 선구적 교육기관으로, 고급 예술품과 공예품을 생산하는 유급 장인을 육성하여 문화적, 전통적으로 풍요롭고 다양한 예술품과 공예품을 홍보하고 사회경제적 발전을 이룩하여 GNH 증진에 기여합니다.

학교를 방문하는 외국인들에게 자랑스럽게 나라를 소개하는 느낌이었다. 13가지 불교미술 중 우리가 방문한 캠퍼스에는 회화, 목각, 점토, 직조, 자수, 금속공예 전공이 있었다. 수업 참관 시간까지 조금 여유가 있어서 산책을 하며 학교를 구경했다. 그때, 익숙한 언어가 들려왔다.

"어머, 한국에서 왔어요?"

뒤를 돌아보니 한국인 관광객들이 10명도 넘게 있었다. 전형적인 한국 중년 관광객들이었다. 알록달록한 아웃도어 옷의 향연을 보니 괜히 반가웠다. 부탄에 와서 처음으로 만난 한국인 단체 관광객들이었다. 이분들은 부탄 문화원에서 오신 분들로, 붐탕 지역까지 갈 계획이라고 했다.

"어머, 진짜 신기하다. 이렇게 젊은 아가씨들이 여길 다 왔네!"

부탄을 여행하며 다른 관광객들을 만나보면 우리가 매우 젊은 여행자들이라는 것을 알 수 있었다. 특히 아시아 관광객들은 대부분 중장년층. 니룹에게 물어봤더니 가이드 생활 10년 중에 우리가 두 번째로 어린 손님들이라고 했다. 불교 국가 이미지 탓인지 젊은 사람들이 선뜻 오지 않는 것 같았다. 물론 비싼 여행비도 한몫할 것이다.

참관 시간이 되어 교실로 들어갔다. 니룹은 마음껏 둘러보고, 학생들한테 이것저것 많이 물어보고, 사진도 많이 찍으라고 했다.

"잠깐만, 수업 중인데 학생들한테 질문을 해도 된다고?"
"수업 중에 막 찰칵찰칵 사진을 찍어도 돼?"

당황스러웠다. 사진 찍는 건 좋아하지만, 현지 사람들을 찍는 문제에 대해선 생각을 정리하지 못했기 때문이었다. 이방인인 내가 타인의 일상에 불쑥 찾아가서, 그들을 사진에 담고, 불특정 다수에게 공개하는 일이 과연 옳은 것인가.

미국이나 유럽 여행을 하며 백인 아이들 사진을 거리낌 없이 찍지는 않는다. 초상권이 있으니까. 부모들이 싫어할 테니까. 그런데 '제3세계' 국가에선 그런 행위가 너무도 자연

스럽게 이뤄진다. 수잔 손탁은 《타인의 고통》에서 사진은 권력이라고 말한다. 틀린 말이 아니라고 생각하기에 조심스럽고 고민이 되었다.

부탄 여행을 하며 카메라에 담고 싶은 사람이 한둘이 아니었다. 그들은 반짝반짝 빛이 났고, 하나같이 아름다웠기 때문이다. 그러나 내가 잘 알지도 못하면서 사진 찍고, 이미지를 규정지어 버리는 것은 아닐까 싶어 적극적으로 찍지 못했다. 학교에 방문해서도 마찬가지였다. 우리가 멋대로 이들을 판단해버리는 건 아닐까?

"우리나라의 문화를 외국 사람들한테 알리는 것은 중요한 의무야. 학생들은 이 점을 매우 잘 알고 있고, 자랑스럽게 생각해."

니룹의 설명에 조금이나마 마음이 편해졌다. 허락을 받은 일이니 소중한 기회에 감사하며 열심히 보기로 했다. 교실에 들어가니 학생들에게 말을 걸기가 미안했는데, 씩씩한 우뇨냐는 거리낌 없이 학생들과 대화를 시작했다. 제일 처음 들어갔던 반은 회화반이었다.

"지금 뭘 그리고 있는 거예요?"
"관세음보살을 그리고 있어요. 비율을 맞추기 위해서 자로 선을 그리고, 그 안에 맞춰서 그리는 연습을 하고 있지요."

학생들은 유창한 영어로 막힘없이 설명을 했다. 질문을 받는 것이 익숙한 모양이었다. 그러나 귀찮아하는 기색 없이 이것저것 보여주며 이야기를 했다. 우냐는 숙제 검사를 하는 선생님 모드가 되어 그림을 살펴보았다. 우리는 덩달아 신기해하며 구경을 했다. 역시 용감해야 많은 것을 보고 느낄 수 있다.

이어진 수업 탐방은 지루할 틈이 없었다. 각자 작업에 열중하는 모습을 보는 것만으로도 멋지고 특별해 보였다. 여기에서도 역시나 부탄 사람들은 반전 매력을 보여주는데, 금속공예반 선생님은 아이들에게 과제를 시켜놓고, 모바일 게임을 즐겼다. 그러다 학생이 선생님을 부르면 얼른 정지 버튼을 누르고 가서 봐주고는 다시 자리로 돌아와 게임을 재개했다. 이 사람들, 정말 매력적이다.

같은 그림을 수없이 그리며 연습하던 남학생. 그림 그리는 게 좋아? 똑같은 걸 계속 그리는데도? 나의 물음에 그 아이는 "좋아!"라고 망설임 없이 대답했다. 표정과 말투에서 진짜 그림을 좋아하고 사랑하는 게 느껴졌다. 부러웠다. 지금의 내가 저 아이만큼의 열정을 가지고 임하는 것이 무엇인지 돌아보게 되었다.

닥종이 인형의 종이 공장 방문

팀푸 시내를 오가다 보면 중심부 로터리를 지나게 된다. 부탄의 로터리는 여러 번 보아도 절대 질리지 않았다. 바로 부탄의 전매특허, 인간 신호등이 있기 때문이다.

팀푸는 여러 가지로 유명하지만, 전 세계에서 유일하게 신호등이 없는 수도로도 알려져 있다. 부탄 도로를 달려보니 왜 신호등이 필요 없는지 바로 알 수 있었다. 통행량이 절대적으로 적고, 길은 구불구불한데다가 동물 친구들까지 곳곳에 널브러져 있어 과속이 불가능했다.

팀푸는 그나마 인구 밀집 지역이라 신호등 대신 로터리를 도입해 문제를 해결했다. 로터리 가운데는 작은 정자같이 생긴 초소가 있고, 그 안에 경찰이 들어가서 수신호로 교통을 정리했다.

"말로만 듣던 인간 신호등이야!"
"진짜 신기해. 운전자들은 저 사인을 다 알고 있는 거겠지?"

넓지 않은 도로라 우리 목소리가 들렸는지, 경찰과 눈이

부탄의 유일한 신호등

마주쳤다. 우리는 멋있다는 의미로 엄지손가락을 치켜들었다. 경찰은 환하게 웃으며 고개를 끄덕여주었다. 그러는 중에도 수신호를 보내는 것은 멈추지 않았다.

이번에 들른 곳은 종이 공장Jungshi Paper Factory. 우리나라 한지 만드는 과정과 같았다. 닥나무를 물에 불리는 것부터 한장 한 장 얇게 펴바르는 것까지, 용인 민속촌에서 본 풍경이었다. 차이가 있다면 종이를 만드는 분들이 종카어를 쓰신다는 것뿐.

공장 안에서는 종이를 만들 때 나는 특유의 시큼한 냄새가 났다. 이 냄새는 어느 모로 보나 '시큼하다'고밖에 표현할수 없는데, 악취는 아니다. 맡아도 역하거나 한 느낌은 없었다. 종이 뭉치에서는 김이 모락모락 났다.

기록을 남기고자 하는 인간의 의지가 세계 곳곳에서 이런 기술을 만들어냈다고 생각하니 감동적이었다. 뭔가를 기록한다는 건, 유한한 인간이 자신의 존재를 증명하고자 하는 것 아닐까. 혼자 인간 문명의 위대함을 생각하던 중에, 산타리가 나를 보며 말했다.

"은시리는 닥종이 인형 같지 않아? 힘이 하나도 없어 보이잖아."

다 같이 웃음이 터졌는데, 뭐라고 반박할 말을 찾지 못하겠어서 같이 실컷 웃었다. 넷이 함께 찍은 사진들을 보니 나혼자 무기력해 보이는 사진이 왜 이리 많은지. 종이 공장 앞마당에서 우리는 해바라기를 보고 소리를 지르며 인생샷을 남기겠다며 셔터를 눌러댔다. 니룹은 '쟤들 또 시작이군.' 하는 눈빛을 보냈다.

종이 공장 투어가 끝난 줄 알았는데, 옆에 기념품숍이 있었다. 우리는 환호했다. 의외로 기념품 살 곳이 정말 없었기 때문이다. 니룹은 분명 첫날 이렇게 말했다.

"뭐 사고 싶은 거 있으면 말해."

그 말은, 사고 싶은 게 없으면 기념품점은 안 가겠다는 말

이었다. 엽서를 사고 싶었던 산타리와 우놔놔는 결국 기념품숍을 가자고 니룹을 졸랐다.

"우리 엽서 좀 사자…."

니룹은 '음… 오케이.' 라고 했는데, 얼굴은 '굳이 왜 엽서를 사겠다는 거지?' 하는 표정이었다. 기념품숍 안에서 니룹의 태도는 정말 재밌었다. 우리가 이거저거 구경하다가 뭔가 하나 집어들기라도 하면 세상 무료한 목소리로 물었다.

"그거 사게?"

말하지 않았지만 표정은 '그런 걸 왜 사지?'라고 말하고 있었다. 그리고는 쇼핑에 끌려 나온 남자친구처럼 지루해 죽겠다는 표정으로 턱을 괴고 카운터 의자에 앉아 있었다. 부탄 종이는 한지와 매우 비슷해서 살 필요를 느끼지는 않았다. 결국 우리는 종이 공장 옆에 있는 일반 기념품숍으로 갔다. 물론 거기서도 특별히 살 건 없었다.

8
매우 중요한 낮잠 시간

우리의 부탄 일정에 매일 빠지지 않은 것이 있으니, 그것은 바로 낮잠 시간! 패키지 여행에서 매일 낮잠을 잘 수 있는 건 부탄이 거의 유일하지 않을까. 공기 좋은 곳에서 건강한 밥 먹고 놀러다녀서 기분은 좋았지만, 몸이 피곤해서 눕기만 하면 잠이 왔다. 특히 저질 체력인 나에게 낮잠은 더없이 소중했다.

이 휴식 시간이 소중한 이유가 하나 더 있었다. 체력적 재충전도 그렇지만, 일기를 쓰고 메모할 수 있기 때문이다. 몰아치듯 뭔가를 보면 그게 마음에 와닿기까지 시간이 걸린다. 그때그때 차분히 생각할 시간을 가지지 못하면 그대로 휘발되기도 한다. 부탄에서는 내가 본 것들을 충분히 소화할 여유가 있었다.

그리고 역시나 와이파이가 잘 안 터지는 것도 메모를 하고 생각을 정리하는 데 매우 큰 도움이 되었다. LTE 속도였다면 카톡 하기에 바빴겠지만 부탄 와이파이 속도로 뭔가를 하느니 차라리 하지 않는 편을 선택했다.

낮잠도 자고, 일기도 쓰다가 심심하면 텔레비전을 틀었다.

아리랑 TV가 나온다는 점이 신기했다. 아리랑 TV는 2005년부터 부탄에서 방송을 시작했다고 한다. 채널이 많지 않은 부탄에서 아리랑 TV는 인기 채널이다. 첫날 부탄 소녀가 어떻게 한복을 알고 있었는지 의문이 풀리는 순간이었다.

휴식을 마치고 다시 길을 나섰다. 출발하고 얼마 지나지 않아 부탄에서 흔히 볼 수 없는 벤츠 한 대가 지나갔다. 니룹과 툭텐이 동시에 말했다.

"어, 막내 왕자님이다."

왕자님이라는 말에 우리의 눈이 휘둥그레졌다. 왕자님은

막내 왕자님의 차

동화 속에나 있는 거 아니었나? 그것보다도, 차를 보자마자 왕의 막냇동생이라는 걸 안다는 게 더 신기했다. 툭텐은 우리 앞에 가는 벤츠의 번호판을 가리키며 말했다.

"차 번호판을 봐. 'BHUTAN-13'이라고 쓰여 있지? 저건 막내 왕자님이 타고 다니는 차야. 왕족한테는 일반 차량이랑 다른 번호판이 달려 있어."

시내 중심가로 가자 지나가던 부탄 사람들도 차를 다 알아보고 손을 흔들었다. 뒷자리에 타고 있던 막내 왕자님은 창문을 내리고 일일이 손을 흔들며 시민들에게 인사를 건넸다. 정말 친근한 왕자님이었다.

신기함은 여기에서 끝이 아니었다. 로터리를 돌아 왕자님의 차가 왼쪽으로 사라졌다. 그러자 니룹과 툭텐이 또다시 동시에 말했다.

"왕자님 농구하러 가시네."
"그건 또 어떻게 알아?"
"응, 저기로 가면 농구장밖에 없거든."

부탄 왕족들은 착하게 살아야겠구나 싶었다. 비밀이란 게 있을 수 없는 구조다. 막내 왕자님은 운동이 특기로, 올림픽 국가대표였다고 한다. 지금은 체육 부서에서 일한다.

운전을 계속하던 툭텐이 갑자기 생각났다는 듯 말했다.

"작년에 한국 정치인이 부인이랑 같이 부탄에 왔을 때, 내가 운전을 했어."

그러고는 자신의 스마트폰을 니룹에게 건네주었다. 니룹은 사진을 찾아서 우리에게 보여주었다. 사진을 본 우리는 비명을 질렀다.

"문재인 대통령이잖아!"
"진짜야? 진짜 이 차를 탔단 말이야? 우리가 타고 있는 이 차?"
"어땠어? 성격은 좋았어? 부탄 여행은 재밌었대?"
"지금 이 사람이 한국 대통령이 됐어!"
"그 사람이 지금 대통령이 됐다고? 정말?"

니룹과 툭텐도 놀랐다. 대통령 내외는 한국어를 할 줄 아는 가이드와 함께 여행해서 니룹은 아쉽게도 보지 못했다고 한다. 툭텐의 이야기를 들으니 우리가 타고 있는 스타렉스가 달라 보였다. 인연이란 이렇게도 신기하고 묘하다. 문재인 대통령과 영부인이 탔던 차에 타게 되다니! 우리는 어느새 부탄 왕자님은 잊고 한국의 대통령 이야기에 열을 올렸다.

9
첫 번째 부처, 두 번째 부처

타쉬초 종Tashichho Dzong은 국왕의 집무실을 겸하고 있는 부탄 최대의 종으로, 1216년에 만들어졌다. 창강카 라캉처럼 불교의 사상적 중심 역할을 했다고 한다. 타쉬초Tashi Chho는 '파란 돌로 만든 성'이라는 뜻으로 이 이름을 지은 사람은 익숙한 그 이름, 샵둥 냐왕 남걀이다.

타쉬초 종을 방문하려면 조금 까다로운 절차를 거쳐야 했다. 왕의 업무가 끝난 후에 방문이 가능하다. 시간이 몇 시든 별로 중요하지 않게 생각하는 니룹이지만, 타쉬초 종만큼은 6시 반이라고 강조했다. 건물 내부에선 당연히 사진 촬영 금지다.

복장 규정도 엄격한 편이었다. 외국인은 반팔 반바지 금지, 자국민은 정식으로 갖춰 입은 고와 키라. 나는 아무 생각 없이 전날 산 키라를 입고 나섰다. 그런데 입구에서 입장을 거절당했다. 알고 보니 종을 방문할 때는 특별한 스카프를 둘러야 했다. 니룹이 항상 둘렀던 남성용 스카프는 카브니Kabney, 그것보다 작은 여자용 어깨띠는 라츄Rachu라고 했다.

니룹과 툭텐은 내 머플러를 가져가서 요리조리 접기 시작했다. 라츄 규격과 비슷해지자, 왼쪽 어깨에 얹어주었다. 입구의 경비가 피식 웃으며 통과시켜주었다. 융융이는 키라 치마에 후드티를 입고 있었는데, 역시 거부당했다. 키라를 입으려면 제대로 입으라는 거였다. 다행히 다른 옷이 있어 융융이는 차 안에서 옷을 갈아입었다.

입구를 통과한 후, 공항에나 있을 법한 짐 검사와 몸수색이 이어졌다. 군인들이 장총을 메고 지키는 모습에 살짝 주눅이 들었다. 하지만 니룹은 장총 멘 군인과 악수를 하며 반갑게 인사를 했다. 우리가 짐 검사를 하는 동안 두 사람은 뭐 그리 할 말이 많은지 대화가 끊이지 않았다.

복잡했던 절차가 하나도 성가시지 않을 정도로 타쉬초 종

에서의 시간은 참 좋았다. 해가 평화롭게 지고 있었고, 건물이 아름다웠고, 이 나라의 통치 행위가 이뤄지는 곳에 왔다는 사실이 감격스러웠다.

사원 구역 안뜰에서 우리는 다시 사진 삼매경에 빠졌다. 니룹은 우리가 사진 찍어달라고 부탁하면 '또?'라는 표정을 지으면서도 구도를 바꿔가며 열심히 찍어주었다. 찍는 김에 자신의 스마트폰을 꺼내 기록용 사진을 찍는 것도 잊지 않았다.

안뜰에는 스님들도 많이 오가고 있었다. 부탄의 승복은 붉은색 천을 두른 것으로, 여름에는 팔이 다 나오도록 입었다. 한 무리의 동자승이 지나가는 모습을 보며 사진을 찍고 싶다고 생각했다. 니룹이 어떻게 알아차렸는지 동자승들에게 다가갔다. 몇 마디 주고받더니 동자승들이 우리에게 왔다. 우리는 동자승 네 명과 나란히 서서 사진을 찍었다.

타쉬초 종에서도 사원 탐방이 이어졌다. 사원 내부는 여태까지 가본 곳 중에 가장 화려하고 웅장했다. 입구에는 공작새 깃털로 장식한 놋 주전자가 있고, 안에는 성수가 들어 있었다. 오른손에 물을 받아 입술을 축이고, 남은 물은 정수리에 묻힌 후 합장을 하면 된다고 했다. 니룹이 역시나 나에게 따라 하라고 해서 물을 받아 한 모금 마셨다. 티트리 오일 맛이 났다.

사원 내부의 탱화를 쭉 둘러보며 니룹에게 이야기를 들었다. 부처님의 탄생부터 수행 과정, 입적까지를 담고 있는 그림이었다. 아는 이야기라고 생각했는데, 하나하나 다시 들으니 신기하고 재밌었다. 여기까지는 좋았는데, 역시나 불교 얘기가 깊어지면서 사고회로가 꼬이기 시작했다.

"지금까지 이야기한 석가모니를 퍼스트 붓다라고 해. 그리고 석가모니가 입적할 때, 자기가 나중에 연꽃에서 환생할 거라는 예언을 하지. 시간이 한참 지난 후, 정말 연꽃에서 태어난 사람이 파드마 삼바바야."

그래서 파드마 삼바바를 한자로 쓰면 연화생 보살이라고 하는구나 싶었다. 그런데 이때, 우뇨뇨가 고개를 갸웃했다.

"니룹, 이해가 안 가. 아까 석가모니는 과거, 현재, 미래 중

에 현재 부처라고 했잖아. 그럼 파드마 삼바바가 두 번째면 미래불이야?"

우놔놔의 질문에 우리 모두 혼란스러워졌다. 우놔놔 말대로 오전에 니룹이 창강카 라캉에서 과거 부처, 현재 부처, 미래 부처에 대해 설명해주었기 때문이다. 과거불은 석가모니의 탄생을 예언한 연등불, 현재불은 석가모니, 미래불은 미륵불이라고 했다. 미륵불은 예전 드라마 〈태조 왕건〉에서 궁예가 자신이 미륵불이라 주장하는 장면 때문에 유명해져서 알고 있었다.

니룹은 설명이 길어질 것을 직감하고 우리를 일단 바닥에 앉혔다.

"자, 부처는 매우 많아. 셀 수 없을 정도지. 불교는 기독교나

이슬람교처럼 유일신을 믿는 것이 아니거든. 누구나 깨달음을 얻으면 부처가 될 수 있다고 믿어. 여기까지는 이해하겠지?"

우리는 고개를 끄덕였다. 니룹은 본격적인 이야기를 시작했다.

"수많은 부처 중에서도 매우 유명한 부처들이 있어. 그 부처들한테 별명 같은 걸 지어주는 거지. 과거, 현재, 미래불은 매우 유명한 부처 중 하나야. 그중에서도 방금 일대기를 설명해준 석가모니가 제일 유명하지. 석가모니한테는 여러 가지 별명이 있어. 그중 두 가지가 '현재불'과 '첫 번째 부처'야."

"그럼 실제로 석가모니는 첫 번째 부처는 아니네? 과거불이 있으니까!"

"엄밀히 말하자면 그렇지. 하지만 불교의 기틀을 세웠다

는 점에서 진정한 첫 번째 부처를 석가모니라고 생각하기도 해. 그리고 석가모니의 예언처럼 연꽃에서 태어난 파드마 삼바바를 두 번째 부처라는 별명으로 부르기도 하는 거지."

여기까지 설명을 들으니 그제야 이해가 갔다. 이 모든 이야기를 우리에게 이해시킨 니룹도, 이 모든 이야기를 영어로 용케 알아들은 우리도 모두 수고가 많았다.

종교의 의미는 뭘까. 신앙은 어떤 힘을 가지고 있는 것일까. 무교인 나의 입장에서, 종교는 세상을 이해하는 프레임 같은 것이라 생각한다. 나를, 세상을, 인생을 이해하기에 우리의 머리는 한없이 작고 마음은 한없이 좁다. 우리의 좁은 시야로 세상을 바라보면 이해하지 못할 것들이 너무나도 많다.

그러나 사람은 뭔가를 이해하고 싶어 하는 존재다. 모르는 것을 알고자 하는 마음은 인간의 본성 중 하나다. 이때, 종교라는 프리즘을 갖다 대면 보이지 않던 삶의 면면들이 무지개처럼 펼쳐진다. 어떤 종류가 되었든, 종교가 오늘날까지도 강력한 영향력을 끼치는 이유라고 생각한다.

종교는 인간의 역사에서 빼놓을 수 없는 요소다. 종교가 없는 사회는 없었다. 다큐멘터리에서 보는 원시 부족들에게도 종교는 있다. 현대사회에서는 주술과 과학을 나눈다. 과학의 역할을 해온 종교의 영향력은 확실히 축소됐지만, 아직까지 많은 사람들의 정신적 등대 역할을 하고 있다.

그렇다면 나는 왜 종교를 가지지 않는가. 여러 번 생각해 봤다. 나는 무신론자라고 하긴 어렵다. 초월적 힘, 거대한 질서가 있을 것이라고 믿는다는 점에서는 신이 있다고 생각하는 편인 것 같다. 하지만 내가 믿고 따라야 할 초월적 존재가 있다고는 생각하지 않는다.

불교 집안에서 자라서 불교 문화를 조금 접했고, 감리교 선교사가 세운 대학을 다녀서 기독교 수업도 듣고 예배에도 참석했다. 절의 분위기도 좋고, 예배 시간도 나쁘지 않았다. 그러나 특정 종교에 '귀의'해야겠다는 생각은 들지 않았다. 종교를 가지는 것은 잠정적 보류 상태다. 어쩌면 나는 아빠를 닮아서 한 가지를 믿는 것보다는 여러 가지를 알아가는 게 재밌는지도 모르겠다.

산타리's 행복의 조건5

새로운 것을 배울 때. 불교 문화에 대해서 아는 것이 적다. 그래도 니룹은 우리가 바보 같고 엉뚱한 질문을 해도 성의껏 답해준다. 엄숙한 사원 안에서도 스스럼없이 모여 앉아 지식을 나눌 때 기분이 좋았다. 엉뚱하지만 호기심 많은 한국에서 온 우리들. 앞으로는 또 어떤 여행을 할까? 눈을 감았다 뜨면, 또 다른 하루!

10
가로등 없는 도시의 밤

부탄의 밤은 고요하고 어두웠다. 이따금 개 짖는 소리가 들려올 뿐. 수도지만 가로등도 많지 않아서 저녁식사 이후의 일정은 없었다. 한국에서는 있을 수 없는 일이었다. 도심에는 바도 있고 영화관도 있다는데, 우리가 묵었던 호텔은 아무것도 없는 숲속에 있어서 나갈 수 없었다.

융융이의 아는 오빠들을 미치게 만들었던 게 바로 이런 점이었다. 밤에 아무것도 할 게 없는 것. 하지만 우리는 바로 그 점이 좋았다. 아무것도 하지 않고 쉬어도 된다는 허락을 받은 기분이기 때문이었다.

저녁식사 후 숙소로 들어가기 전, 마트에 들렀다. 부탄의 긴긴 밤을 보내줄 친구들, 술과 안주를 사기 위해서였다. 그 와중에도 패밀리 비즈니스를 하는 융융이는 모든 걸 비즈니스와 연결 지었다. 팀푸의 한적함을 즐기며 이 나라 사람들의 생활을 상상하고 있는데, 융융이는 니룹에게 부탄의 부동산 동향을 물었다.

"5층 건물 기준으로 토지 구매비와 건축비까지 하면 얼마 정도가 들까?"

한국 돈으로 대충 6천만 원 정도 든다는 이야기를 듣자 융융이는 눈을 반짝 빛냈다. 수익성이 나쁘지 않겠다며 외국인 토지 구매 규제가 궁금하다고 했다. 역시 같은 것을 보고도 사람들은 참 다른 것을 느끼고 생각한다. 역시, 비즈니스는 아무나 할 수 있는 게 아니다.

어떤 이는 할 거 없다고 하는 부탄의 밤. 그러나 우리는 그냥 모여만 있어도 재미있는 여자들이다.

여자 넷이 야심한 밤에 모였으니, 남자 이야기를 하는 것은 너무도 당연하지 않은가. 융융이는 비장한 표정으로 타로카드를 꺼냈다. 우리는 세상 진지한 표정으로 침대에 옹기종기 앉았다. 서로의 일과 사랑에 대한 질문들을 알아보는 시간. 타로카드 결과도 흥미로웠지만, 각자의 고민과 생각을 나눌 수 있었다.

한참이나 신나게 웃고 떠들었는데 자정이 채 되지 않았다. 팀푸에서의 마지막 밤이었지만 아직 가볼 곳이 많이 남아서 그렇게 아쉽지는 않았다. 여행 일정이 아직 많이 남았을 때, 내일을 기대하며 잠드는 기분은 정말로 행복했다.

융융's 부탄 단상1

와이파이 찾아서 사진 한 장 보내는 게 이토록 어려울 줄이야! 비포장도로에서 차는 끊임없이 덜컹거렸다. 안락함과 편안함에 익숙해진 우리 일상에서는 있을 수 없는 불편함이었다. 그렇지만 마음은 편안하다는 것이 신기했다.

Episode 4

반전 있는
불교 도시

1
전설의 동물을 만나다

부탄 사람들은 '부탄을 상징하는 ○○'에 대해 말하는 것을 좋아한다. 부탄을 상징하는 동물은 타킨Takin이다. 오직 부탄에서만 볼 수 있는 동물로, 머리는 염소, 몸은 소처럼 생겼다. 고산지대에서만 사는 초식동물이다.

타킨에 관해서는 '미친 스님' 드룩파 쿤리와 얽힌 전설이 있다. 다른 스님과는 달리 여자와 술과 고기를 좋아한 드룩파 쿤리는 사람들이 대접한 소와 염소를 동시에 먹어치웠다고 한다. 그 자리에는 뼈만 남았는데, 소뼈 위에 양 머리뼈를 올리고 주문을 외웠더니 타킨이 탄생했다는 것이다.

타킨 동물원 역시 매우 부탄다운 비하인드 스토리가 있다. 1970년대, 부탄 정부는 동물원을 만들었다. 그러나 동물들을 가두는 건 불교 교리와 맞지 않고, 자연을 거스르는 일이라는 여론이 생겼다. 정부는 동물원을 폐쇄했고, 동물들은 야생으로 돌아갔다. 그러나 타킨만은 야생으로 돌아가는 데 실패해서 최대한 자연에 가깝게 꾸며놓고 보호구역으로 지정했다.

동물원에 대한 윤리적 논란은 지금도 전 세계적으로 진행 중이다. 타킨 동물원은 내가 가본 동물원 중 가장 자연 친화적이었다. 동물들은 넓은 수풀에서 풀을 뜯어먹고 있었고, 오히려 사람이 다니는 탐방로는 좁은 오솔길 하나 정도였다. 양쪽으로는 철망이 처져 있어서 우리가 갇혀 있는 기분이었다.

구역이 넓다 보니 타킨을 가까이에서 보기는 쉽지 않다. 하지만 좁은 우리에 갇힌 동물을 가까이에서 보는 것보다, 자유롭게 돌아다니는 동물을 먼발치에서 보는 느낌이 훨씬 좋았다. 보호구역 안에는 타킨만 사는 것이 아니다. 우리가 가장 가까이에서 만난 동물은 사슴이었다.

"니룹, 사슴 다리 한쪽이 없어."
"저 사슴은 다리를 다쳐서 야생에선 도태될 것이기 때문

타킨 대신 만난 사슴

그나마 가장 가까이서 본 타긴

에 데리고 온 아이야."

니룹의 설명을 듣자 진정한 '보호구역'이라는 생각이 들었다. 보호구역을 반쯤 돌았을 때, 빗줄기가 떨어지기 시작했다. 부탄에서 처음 만난 비였다. 비가 와도 천하태평인 타킨을 뒤로하고, 우리는 차를 향해 달렸다.

2
한 치 앞을 알 수 없는 우리네 인생

팀푸를 떠나 푸나카로 향하는 길, 역시나 꼬불꼬불 오르락내리락을 반복했다. 가는 도중 만나는 가장 높은 곳은 해발 3140m에 있는 도출라 패스Dochula Pass다. 차가 계속해서 좌우로 흔들리는 가운데 고도가 높아지는 게 귀로 느껴졌다. 귀가 먹먹해져서 끊임없이 침을 꼴깍꼴깍 삼켰다.

드디어 도착한 도출라 패스는 믿을 수 없이 쌀쌀했다. 더욱 믿을 수 없었던 건 짙은 안개 때문에 한 치 앞을 볼 수 없다는 사실이었다.

"안 돼… 어떻게 여기까지 왔는데!"

우리는 절망했다. 도출라 패스가 유명한 건 히말라야의 유명한 산봉우리들을 볼 수 있는 곳이기 때문이다. 안나푸르나, 마차푸차레, 에베레스트, K2. 이름만 들어도 설레는 히말라야 설산을 볼 수 있는 절호의 기회였는데! 오르지 못하더라도 꼭 두 눈으로 보고 싶었기에, 실망이 이만저만이 아니었다.

히말라야 설산은 고사하고 바로 앞에 있는 스투파도 흐릿하게 보였다. 저 너머엔 분명히 히말라야가 있는데, 있다는 걸 알긴 알겠는데, 내 눈앞에 보이지 않으니 그 존재를 느낄 수가 없었다.

도출라 패스에 들르는 이유는 히말라야 산들을 감상하기 위해서만은 아니다. 108개의 스투파, 드룩 왕걀 초르텐^{Druk Wangyal Chorten} 역시 중요한 관광지다. 1973년 전투에서 목숨을 잃은 병사들을 위한 위령탑으로, 2004년에 완공됐다. 평화의 나라 부탄에서도 사람들은 싸움을 하고, 피를 흘리며, 목숨을 잃는다. 김빠지는 기분에 우리가 시무룩해 있자, 산타리가 말했다.

"여기 오기 전부터 우기인 거 알고 있었잖아. 매일 비가 와도 괜찮다는 마음이었고. 맑은 부탄 하늘을 봤으니까, 히말

융융이를 찍는 산타리를 찍는 우나나

융융이를 찍는 산타리를 찍는 우놔놔를 찍는 은시리

라야까지 보기를 바라는 건 욕심 아닐까?"

그 말 한마디에 아쉬움이 스르르 가셨다. 우리는 다시 힘을 내서 사진도 찍고, 열심히 구경을 했다. 어깨동무를 하고 히말라야 어느 봉우리를 향해 섰다. 눈앞에 보이는 건 안개뿐이었다. 하지만 각자 자신만의 히말라야를 마음속에 그렸다.

설렘과 실망, 막막함… 우리 인생도 이와 같을지 모르겠다. 한 치 앞을 알 수 없다는 점에서도 그렇고, 보이지 않는데 존재한다는 것을 믿어야 하는 것도 그렇다. 이 막막함에도 불구하고, 저 안개 너머에 내가 바라는 무언가가 있다고 믿고, 한 걸음 한 걸음 나아가는 수밖에 없다.

헤치고 가야 할 인생의 길은 모두 다르다. 그래도 가끔씩 이렇게 모여 즐거운 시간을 보낼 수 있다면, 서로를 응원해 줄 수 있다면 그것 또한 축복받은 것 아닐까.

산타리's 행복의 조건 6

완벽을 기대하지 않는 것. 부탄의 8월은 인데, 운 좋게도 비를 만나지 않았다. 하지만 오늘 날씨는 비가 오고 꾸물꾸물했다. 도출라 패스에 가니 안개가 자욱해 히말라야의 'ㅎ'자도 보이지 않았다!
그래도 긍정적인 친구들 덕분에 안개가 끼니 나름 운치 있는 것 같다며 신나게 사진을 찍었다. 누군가 툴툴거렸다면 짜증이 전염되었을 텐데, 다들 쉽게 바꿀 수 없는 환경을 받아들이고 즐겼다. 그런 면에서 우리는 베테랑 여행자들이다.

3
부탄 스타일 하이웨이

팀푸에서 푸나카까지는 약 100km, 소요 시간은 도로 사정에 따라 3시간 반에서 4시간 반 정도다. 도로는 대부분 왕복 2차선인데, 왕복 1차선인 구간도 있다. 그 말은 차 두 대가 마주치면 한 대는 아슬아슬하게 비켜서 있어야 한다는 것.

8월의 도로 사정에는 크게 두 가지 변수가 있다. 하나는 폭우. 부분적인 산사태로 도로가 유실돼서 길이 끊길 수 있다. 포클레인이 와서 길을 파줄 때까지 기다려야 한다고 했다. 우리가 갔을 때는 몇 시간씩 기다리는 불상사는 없었다.

나머지 하나의 변수는 동물 친구들. 그야말로 개나 소나 도로에 널브러져 절대 비키지 않는다. 한두 마리는 괜찮지만 소 떼가 낮잠을 즐기고 있으면 기다리는 수밖에 없다. 그런데도 부탄 운전자들은 동물에게 경적을 울리는 법이 없다. 다행히 소 떼 역시 마주치지 않았다.

흔들리는 차 안에서, 자연은 잔인하며, 잔인하기에 아름다운 것인지도 모르겠다고 생각했다. 아름다움의 본질은 잔인함이다. 아름다움을 얻으려면 희생해야 하는 것이 많다. 그래서 미지의 것이, 가질 수 없는 것이 더 아름다워 보인다.

아름다움은 자신을 쉽게 내어주지 않는다. 자연의 장관을 보려면 자연에 도전하고, 험난함을 견뎌내야 한다. 그러나 인간의 본성은 도전. 그리스 로마 신화에서도 인간은 자꾸 신에게 깝죽대고, 비싼 대가를 치른다.

그런 의미에서 부탄 사람들은 매우 현명한 것인지도 모른다. 자연을 정복하려 하지 않고, 서로 조심스러운 관계를 유지하고 있었다. 우리나라에 부탄의 산과 같은 지형이 있었다면 고민하지 않고 터널을 뚫었을 텐데, 부탄은 자연 훼손을 최소화하는 방향으로 도로를 만들었다.

우리나라의 운전자들이 부탄에서 운전을 하게 된다면 제

출처: 구글 지도   이 코스, 실화입니다!

아무리 베테랑이라 해도 멀미가 날 것 같았다. 어릴 적, 가족들과 강원도 여행을 가면 미시령을 넘는 게 참으로 고역이었다. 몸은 이리 쏠렸다 저리 쏠렸다 정신이 없고, 속은 울렁거렸다. 부탄의 도로는 미시령쯤이야 우습다는 듯이 기상천외한 코스를 보여준다. 구글 지도를 보면 그저 헛웃음이 나온다.

이 도로의 정식 명칭은 '팀푸-푸나카 하이웨이Thimphu-Punakha Highway'다. 그러나 도저히 고속도로라고는 봐줄 수 없었다. 산타리는 지친 목소리로 말했다.

"부탄의 하이웨이는 속도가 하이해서 하이웨이가 아니야. 고도가 하이해서 하이웨이인 것 같아."

부탄의 하이웨이는 극단적이다.

극한의 도로 사정과 더불어, 차 안에는 재미난 긴장감이 감돌았다. 여행 내내 '니룹, 툭텐 vs 한국 여자 넷'은 배경음악 선정을 가지고 신경전 아닌 신경전을 벌였다. 부탄의 가요에는 '뽕끼'가 있었다. 멜로디가 영락없는 트로트였다. 처음 한두 번은 재미있게 들었지만 부탄 가요를 듣기가 슬슬 힘들어졌다.

우리의 플레이 리스트는 한국 가요와 팝송의 조합. 니룹과 툭텐은 팝송이나 케이팝도 좋아했다. 아는 곡이 나오면 신나게 따라 부르기도 했다. 그러면서도 우리를 놀리고 싶은 건지, '부탄에 왔으니 부탄 노래를 들어야 한다'면서 자꾸 블루투스 연결을 끊었다. 결국 우리는 합의를 보았다.

"30분씩 번갈아가며 듣자!"

부탄의 문화를 존중하고, 충분히 알아가고 싶지만 부탄 가요를 계속해서 듣는 건 쉽지 않았다. 툭텐의 플레이 리스트가 다섯 곡밖에 없었던 탓도 있다. 계속해서 듣다 보니 가사를 몰라도 멜로디를 외울 정도였다. 게다가 은근히 중독성이 있어서 나도 모르게 흥얼거리게 되었다.

아직도 기억하는 노래는 〈쿠주 장포 Kuzo Zangpo〉다. 종카어 인사말인데, 가사는 정말 정직하게 처음부터 끝까지 '쿠주 장포'를 수없이 반복했다. 비틀스의 〈Hello, Good-bye〉 저리 가라였다. 가수의 애절한 목소리로 미루어보아, 사랑하는 여자에게 구애하는 내용일 것 같았다. 언어는 달라도, 마음은 크게 다르지 않을 테니까.

부탄의 하이웨이에서 우리가 얻은 깨달음이 하나 더 있었으니, 그것은 바로 와이파이를 통해 찾은 행복의 진리다. 한국이었다면 차 안에서의 긴긴 시간을 스마트폰으로 때웠을 것이다. 그러나 산길에서는 로밍을 한 핸드폰도 무용지물이었다. 융융이는 현지에서 유심칩을 샀지만, 계속해서 신호가 끊긴다고 했다.

"한국에서 이렇게 끊겼다면 정말 열 받았을 텐데, 신기하게 그럭저럭 괜찮네."
"맞아요. 엄청 답답했겠죠. 근데 그냥 안 되려니 생각하니까 마음이 편해요."
"그래도 아예 차단됐으면 답답하긴 했을 거야. 지금은 호텔에선 쓸 수 있으니까."
"그래, 이 정도가 딱 적당하다. 불교에서 말하는 중도Middle Way가 이것일 거야!"

우리는 이게 뭐라고 박수를 치며 좋아했다. 궁금해하는 니룹에게도 열심히 영어로 설명해주었다. 니룹과 툭텐도 웃으며 말했다.

"부탄에 와서 너희가 깨달음을 얻었구나!"

석가모니는 왕자의 자리를 박차고 나와 수행길에 들어섰다. 초반에는 스스로 엄격한 규율을 정하고, 극단적인 수행 방식을 택했다. 그러던 어느 날, 석가모니는 극단적인 수행 방식으로는 득도할 수 없다는 깨달음을 얻었다. 지나친 쾌락을 경계하되 극도의 고행에도 빠지지 않는 것.

와이파이가 팡팡 터져서 하루 종일 스마트폰을 끼고 살아도, 아예 사용조차 불가능해서 바깥세상과 연락이 차단되어도, 우리는 행복할 수 없다. 부탄에서처럼 적당히 벗어나고, 또 적당히 디지털 세상을 즐기는 것. 이것이 진정한 행복이다!

스트리밍은 꿈꿀 수 없기에, 미리 다운 받아둔 음악이 블루투스 스피커를 통해 흘러나왔다. 우리의 선곡 리스트에 있었던 곡은 〈강남스타일〉을 뛰어넘는 인기를 끌었던 노래, 〈Despacito〉였다. 가사가 그렇게 야하다는데, 스페인어를 모르는 우리에게는 그저 신나는 라틴 음악이었다. 〈Despacito〉는 스페인어로 '천천히'를 뜻한다고 한다. 데스파치토한 하이웨이에서, 우리는 소리 높여 데스파치토를 열창했다.

4
얼굴 빨개지는 남근의 도시

체감상으로는 부탄 동쪽 끝까지 갔을 것 같은 시간이 지났으나, 지도상으로 우리는 아직도 부탄의 서쪽에 머물러 있었다. 푸나카는 비교적 풍요로운 땅이다. 따뜻한 날씨 덕에 부탄에서 거의 유일하게 이모작이 가능하다. 쌀, 바나나, 오렌지 등을 키우기에 좋다. 부탄의 전통문화 역시 잘 간직하고 있어서 경주 같은 느낌이었다.

믿을 수 없이 흐리고 안개가 자욱했던 도출라 패스를 지나, 비현실적으로 아름다운 푸나카에 도착하니 얼떨떨했다. 푸나카의 풍경은 동화처럼 아름다웠다. 푸나카의 자연환경에 감탄했다면, 이제는 푸나카 건물을 보고 얼굴을 붉힐 차례였다. 푸나카는 어딜 가든, 눈 돌리는 곳마다 남근상을 만날 수 있었다.

푸나카의 남근 숭배를 이해하려면 고대 인도의 경전《탄트라》에서 출발해야 한다. 탄트라는 힌두교와 불교 모두에 영향을 주었는데, 수행법 중 하나로 남녀의 성적 결합을 제시한다. '세상에서 가장 야한 책'이라 불리는《카마수트라》

역시 탄트라의 일부다. 성을 금기시하는 유교 문화와는 달리, 탄트라에서는 성을 생명력의 근원으로 본다.

특히 푸나카 지역에서는 남근 숭배 사상이 매우 강하다. 식당에는 사람 키보다 큰 목각 남근상이 있고, 호텔 열쇠고리도 남근 모양, 벽화도 남근, 기념품도 남근이다. 푸나카 시내에 들어서자마자 건물 벽에 형형색색으로 그려진 남근 그림이 우리를 맞이했다. 우뇨뇨가 소리쳤다.

"남근이다!"

그러자 툭텐이 킬킬킬 웃었다. 우뇨뇨의 말을 알아들은 것이 틀림없었다. 니룹이 웃음을 겨우 참으며 이야기했다.

"툭텐이 한국인 손님을 태우고 여기에 올 때마다 같은 단어를 외치는 걸 들었대."

역시, 외국어는 욕과 야한 말부터 배운다. 툭텐은 푸나카에 있는 내내 남근상을 볼 때마다 '남근!'을 외치며 킥킥 웃었다.

푸나카에 오니 날씨가 훅 더워졌다. 니룹과 툭텐은 땀을 흘리며 고 상의를 요리조리 접어 허리춤에 묶었다. 우리도 미리 준비해온 반팔을 꺼내 입었다.

5
땡중 끝판왕이 세운 절

푸나카의 첫 행선지는 역시나 라캉이다. 그런데 이번 라캉은 좀 특이한 곳이다. 타킨 전설에 등장하는 미친 스님, 드룩파 쿤리Drukpa Kuenley가 세운 절이기 때문이다. 드룩파 쿤리는 '미친 성자Divine Madman'라는 별명을 가지고 있다. 부탄에서 샵둥 냐왕 남걀, 파드마 삼바바 다음으로 인기 있는 인물이다.

드룩파 쿤리가 세운 절은 치미 라캉Chimi Lhakhang으로,

1499년 창건했다. 그래서 드룩파 쿤리의 주 무대였던 푸나카에 유독 남근숭배 사상이 강하다고 한다. 푸나카에서 남근은 악령을 내쫓는 역할을 하며 다산과 풍요를 상징한다.

그는 어깨에 활과 큰 남근상을 메고 개 한 마리를 데리고 다녔다. 사람들이 카타를 목에 걸어주면 그는 그것을 남근상에 묶고 다산을 기도했다. 고승의 권위를 버리고 중생에게 먼저 다가갔다는 점에서 사람들은 드룩파 쿤리를 사랑하고 존경한다.

사원을 세우게 된 사연은 다음과 같다. 도출라 고개에 사는 악마가 사람들이 오가는 것을 방해하며 괴롭힌다는 소문을 듣자, 드룩파 쿤리는 금강저金剛杵로 천둥번개를 쳐서 악마를 제압한 후, 그 금강저를 보관하기 위해 사원을 세웠다.

그 사원이 바로 치미 라캉이다. 니룹은 '치미'가 'No dog'라는 뜻이라고 했다.

"왜 개가 없는 절이야?"

"드룩파 쿤리는 개를 좋아해서 항상 개를 데리고 다녔는데, 도출라 패스의 악마가 드룩파 쿤리를 피하기 위해 개로 변신했거든. 하지만 그는 속지 않았지."

니룹의 설명이 무색하게도, 금강저를 봉인했다는 스투파 옆에서 개 한 마리가 열심히 땅을 파헤치고 있었다.

남근이 풍요와 다산을 기원하기에, 전 세계의 불임 부부들이 치미 라캉을 찾는다. 이곳에서 커다란 목각 남근을 메고 절을 세 바퀴 돌면 아이가 생긴다고 한다. 사원 안에는 두꺼운 앨범이 놓여 있다. 앨범 안에는 불임 부부들의 사진과 사원에 다녀간 후 아이를 가져서 셋이 찍은 사진이 나란히 붙어 있다.

부탄 사람들도 많지만 인근 국가 부부들도 꽤 많았다. 미국과 유럽 부부들도 있었다. 믿거나 말거나지만, 아이를 간절히 원했던 부부들이 아기를 안고 환하게 웃고 있는 모습은 무척이나 행복해 보였다.

사원에서 나오는데, 한국인 팀과 만났다. 그쪽 팀 가이드와 니룹은 역시나 아는 사이. 두 사람은 반갑게 악수를 하

고 몇 마디를 주고받았는데, 니룹이 웃음을 터뜨렸다. 한국인 팀이 사원으로 들어간 후, 왜 웃었는지 물어봤다.

"저 친구가 지금 너무 힘들대. 저 팀 한국인들이 영어를 전혀 못해서, 며칠째 손짓발짓으로 설명하느라 머리가 빠질 지경이래."

영어를 전혀 못하는 사람들을 데리고 다니는 가이드는 정말 힘들 것 같았다. 자국의 문화를 설명하는 게 임무인 사람에게, 말이 안 통하는 사람들을 데려다놓았으니 얼마나 답답할까!

"방금 나도 모르게 웃은 이유는, 저 친구가 며칠째 말 대신 마임만 열심히 하다 보니 자신이 광대가 된 기분이라고 했기 때문이야. 나도 여러 번 경험했던 일이지."

치미 라캉은 산 중턱 탁 트인 평지에 있었다. 풍수지리를 전혀 몰라도 명당이라는 생각이 절로 들었다. 엄숙함을 버렸던 드룩파 쿤리의 영향인지, 우리는 신나서 일주문에서 점프샷을 남기고, 보리수나무 옆에서 발레 포즈를 취하고, 열심히 뛰어다녔다. 부탄 사람들은 그런 우리를 신기하게 바라보고, 웃으며 사진을 찍어갔다.

바람은 살랑살랑 불어오고, 우리는 풀밭에서 뛰어놀고,

니룹은 그런 우리를 부모가 아이 바라보듯… 바라보지는 않았다. 실컷 놀고 난 후, 니룹에게 다가갈 때까지 뭔가에 열중하고 있었다. 알고 보니 스마트폰으로 랜덤 채팅에 열을 올리고 있었다!

사실 우리는 그렇게 궁금하지 않은데, 굳이 채팅 내용을 영어로 번역해가며 설명을 해줬다. 우리 니룹, 많이 외로운가 보다. 역시 어디든 사람 사는 건 다 똑같은가 봐. 우리의 측은한 시선에도 아랑곳하지 않고, 니룹은 설레는 표정을 지었다.

다시 차가 있는 곳으로 내려오는데, 니룹이 우리를 불러 세웠다.

"이 오토바이 너무 멋지다. 나 여기서 사진 한 장만 찍어줘."

환한 표정으로 오토바이에 냉큼 올라타는 니룹이 귀엽기도 하고 우습기도 했다.

"니룹, 부탄 사람들은 물질에 연연하지 않는다며?"
"나는 욕심 부리지 않아. 그렇지만 사진 찍는 건 돈이 안 들잖아?"

오토바이 앞에서 니룹은 꿋꿋했다. 니룹의 이런 면이 우리랑 정말 잘 맞는다. 만약에 니룹이 진지하기만 한 사람이

니룹의 인생샷을 위해 노력 중인 산타리

었다면, 부탄 여행이 살짝 밋밋했을 수도 있다. 하지만 틈만 나면 장난을 치는 니룹 덕에 웃음이 끊일 날이 없었다.

6
최고의 호텔에서 멍 때리기

푸나카의 호텔에 들어선 순간, 탄성이 나왔다. 이런 뷰를 가지고 있는 건 반칙 아닌가! 아름답다는 말로는 부족할 만큼 벅찬 광경이었다. 호텔 시설도 최고였다. 호텔 곳곳에는 역시나 온갖 남근이 포진해 있었다. 침대 옆 그림에서는 남녀가 호랑이를 타고 그 위에서 사랑을 나누는 모습이 그려져 있었다.

호텔은 2인실이어서, 우리는 숙소가 바뀔 때마다 제비뽑기로 룸메이트를 정했다. 푸나카에서의 룸메이트는 우냐냐. 우리는 짐을 풀고 잠시 각자의 시간에 빠져들었다. 방에는 독서를 하기 최적의 장소인 창가 옆 소파가 있었다. 홀리듯 자리에 앉아 책을 읽기 시작했다.

언제나처럼 낮잠을 자고, 슬슬 일어나 이른 저녁을 먹었다. 산타리는 음식을 힘들어하기 시작했다. 산타리는 음식에 관해 매우 명확한 원칙을 가지고 있다. 지난 끼니에 먹었던 것은 이번 끼니에 먹지 않는다. 그런데 부탄에 와서 지금 며칠째 매 끼니 거의 같은 것을 먹고 있다.

저녁식사 후에도 특별한 일정은 없었다. 우리는 이 한가로

움에 익숙해져 조용히 저녁 시간을 즐겼다. 나는 푸나카에서 가지고 온 책 한 권을 다 읽었다. 내가 선택한 책은 일본 작가 온다 리쿠의 《꿀벌과 천둥》이었다.

소설은 권위 있는 피아노 콩쿠르에 참가하는 참가자들의 이야기였다. 책을 읽으며 생각했다. 예술은 어찌하여 이렇게 힘든 것일까. 실력은 계단식으로 찔끔찔끔 늘고, 향상은 끔찍하게 어려운데 퇴보는 순식간에 이루어진다. 발전이 아니라 현상 유지만이라도 하려면 계속해서 죽도록 노력해야 한다. 참으로 잔인한 세계다.

그럼에도 불구하고 수많은 사람들이 예술에 목을 매는 이유는, 예술이 너무나 아름답기 때문일 것이다. 부탄의 자연을 보면서도 느꼈듯이, 아름다운 것은 잔인하다. 그럼에도 불구하고 인간은 아름다움을 갈망한다. 아름다움 없이는 살 수 없고, 아름다움을 위해서라면 어떤 대가든 기꺼이 치르는 존재가 인간인지도 모른다.

산타리's 행복의 조건?

아무것도 하지 않고 멍 때릴 때. 호텔에서 보이는 풍경이 어마어마했다. 푸른 계단식 논에 곳곳에 장난감처럼 놓인 부탄의 전통가옥이 아름다운 광경을 자아내고 있었다. 주방에서는 구수한 냄새가 나고 밭에서는 소가 음매음매 울었다.
부탄에는 어딜 가나 BGM이 나오지 않는다. 처음엔 허전하지만 귀가 쉴 수 있다. 가만히 앉아 오감으로 주변 환경을 느끼고 있노라니 꽃이 피는 속도, 구름이 흘러가는 속도로 살고 싶다는 어느 노래가 떠올랐다.

정말 간만에 7시간을 깨지 않고 잤다. 수면장애에 시달리는 나에게는 너무나 오랜만의 깊은 잠이었다. 부탄까지 오는 길은 멀고 험난했지만 오니까 좋다. 하루하루를 알차게 쓰고 있어서 온 지 한참 된 것 같은데, 아직도 일정이 한참 남았다는 게 신기하다. 앞으로의 일정도 기대된다.

7
아시아의 스위스

푸나카의 둘째 날, 목적지는 이름도 어려운 캄숨 율리 남 걀 초르텐Khamsum Yulley Namgyal Chorten. 사원 겸 왕족들의 겨울 거처다. 1시간 정도의 등산을 하며, 니룹은 우리가 가는 초 르텐에 얽힌 이야기를 해주었다. 이 초르텐은 지금 왕의 친 어머니, 4대 왕의 왕비가 지었다. 4대 왕에게는 네 명의 아 내가 있는데, 모두 자매 사이다. 이들은 동시에 결혼을 했고, 정실부인의 개념 없이 모두가 정식 왕비라고 한다.

지금의 왕은 여러 이복형제들 중 첫째 아들이어서 왕이 되었다. 4대 왕은 퇴임 후 특별한 거처 없이 자전거 여행을 하며 살고 있다고 한다.

"니룹, 부탄 사람들은 일찍 결혼하는 편이야?"

"그렇지."

"니룹은 왜 결혼하지 않았는지 물어봐도 될까?"

니룹의 나이는 우리나라로 33세, 부탄에선 노총각이다.

니룹은 언젠가 결혼하면 좋겠다는 생각은 했지만, 지금까지는 연애만 하면서 사는 것도 나쁘지 않았다고 했다. 직업적 특성상 집을 떠나 있어야 하는 시간이 길다 보니, 관계를 유지하기가 어려웠다고 한다. 니룹은 얼마 전에 헤어진 여자친구 이야기를 해주었다.

"전 여자친구하고는 무서워서 헤어졌어."
"여자친구가 왜 무서워?"
"자꾸 나한테 소리를 질렀어!"

진심으로 무서웠다는 듯한 니룹의 표정을 보고 우리 모두 웃음이 터졌다. 아마도 여자친구가 집착하는 스타일이었던 것 같았다. 니룹은 일을 하다 보면 연락을 못 받을 때가 많았는데, 전 여자친구는 전화했는데 받지 않는 것을 못 참아 했단다.

"나는 잘생긴 사람이 아니야. 그런데도 내가 다른 여자랑 인사만 해도 질투를 했다니까! 나를 좋아하는 여자는 흔치 않다는 걸 왜 모르는지."

자조적인 니룹의 말에 우리는 동시에 웃음을 터뜨렸다. 사랑싸움도 어쩌나 우리와 비슷한지. 사람 사는 건 역시나 거기서 거기다.

2018년은 부탄 민주주의 10주년이라고 했다. 부탄 사람들은 세 번째 선거를 앞두고 있었다. 니룹은 부탄이 민주주의 아기라면서 국회 초기의 에피소드를 들려주었다. 국회의원들이 하도 핸드폰과 노트북으로 딴짓을 해서 사용 금지령이 내려졌다고 했다. 지금도 국회의원들은 국회에 들어갈 때 핸드폰과 랩톱을 맡겨두고 들어가야 한다.

그 이야기를 듣고 수십 년 민주주의의 역사를 가진 대한민국의 여행객들은 한없이 부끄러워졌다.

"우리나라 국회의원들은 졸기도 하는데⋯."
"아예 안 오기도 하는데⋯."
"스마트폰으로 야동도 보는데⋯."

우리의 목소리가 점점 기어들어가기 시작했다. 니룹이 물었다.

"마지막은 못 들었어. 뭐도 본다고?"
"음⋯ 그게⋯ 포르ㄴ⋯."

이때, 산타리가 나의 팔을 붙잡았다.

"그건 말하지 말자. 너무 창피해."

결국 우리는 쓸쓸함을 안고 국회 이야기를 끝내야 했다.

왕족의 숙소는 믿을 수 없이 소박했고, 사원은 상상을 초월하게 아름다웠다. 사원 내부를 촬영하지 못하는 것이 아쉽기만 했다. 머릿속에 조금이라도 더 담아가고 싶어 사원 내부에서 눈이 뚫어져라 구경하고, 기억했다.

사원은 3층으로 되어 있는데, 계속 올라가니 옥상이 나왔다. 부탄에선 매일 탁 트인 풍경을 보았지만, 매번 탄성이 나왔다. 니룹은 우리를 내버려두고 기도를 시작했다. 챈트 비슷한, 음률이 있는 기도문을 꽤 오랫동안 외웠다. 우리는 니룹을 내버려두고 사진을 찍었다. 아무렇게나 찍어도 작품 같

은 사진이 나왔다.

부탄에서 가장 아름다웠던 풍경을 꼽으라면 단연코 푸나카다. 아름다운 풍경을 보다, 살짝 오싹해지는 순간도 있었다. 구불구불 아름다운 산에 가로로 가느다란 줄이 가 있었다. 저건 뭐지 하고 자세히 보니 도로였다. 극한의 멀미와 엉덩이 통증을 유발했던, 우리가 왔던 길이구나. 다시 저 길을 가야 한다고 생각하니 순간 아찔했다. 하지만 푸나카의 풍경을 다시 볼 수 있다면, 그 수고를 마다하지 않을 것이다.

기도하는 니룹

8
터프한 어머니 강에서의 래프팅

산타리는 레저 스포츠를 사랑한다. 레포츠 사랑은 에너 자이서 우냐냐도 뒤지지 않았다. 푸나카는 래프팅 명소로 도 유명하다. 니룹에게 래프팅이 가능한지를 물으니 'Why not?'이라며 바로 래프팅 예약을 해주었다. 윰윰이와 나는 그닥 흥미가 없어서 차에서 기다리기로 했다.

두 사람이 래프팅을 하기로 한 곳은 '어머니 강'이라는 뜻 의 모추. 푸나카에는 '어머니 강' 모추와 '아버지 강' 포추가 있는데, 모추가 비교적 유속이 낮아서 초보 래프팅에 제격이 라고 했디.

강 상류에 차를 대고 기다리자 트럭 한 대가 도착했다. 니 룹은 산타리와 우냐냐에게 돈을 걷어서 전해주겠다고 했다.

"지금 돈을 주면 돼."
"자, 여기 300."
"응? 아니야. 300눌트럼이 아니라 미국 달러!"

니룹의 말에 산타리와 우냐냐는 충격에 빠졌다. 전날, 니룹이 '가격은 1인당 300'이라고 했을 때 단위를 체크하지 않은 것이 문제였다. 300눌트럼은 6,000원 정도. 눌트럼과 달러 사이에는 엄청난 차이가 있다.

이미 두 사람을 기다리고 있는 직원들을 가라고 할 수는 없는 일. 산타리와 우뇌뇌는 이왕 이렇게 된 거, 더욱 신나게 래프팅을 즐기리라 다짐하며 장비를 챙겼다. 니룹은 사람이 모자란다는 핑계로 래프팅팀에 슥 합류했다. 산타리와 우뇌뇌보다 니룹이 더 신나 보였다.

세 사람이 래프팅을 시작한 후, 툭텐은 융융이와 나를 차에 태워 강 하류로 가서 기다리기로 했다. 차를 타고 가는 내내, 툭텐은 쉴 새 없이 수다를 떨었다. 융융이와 나는 툭텐의 반전에 입을 다물지 못했다.

처음에는 하도 말이 없기에 성격이 내성적이거나 영어를 잘 못하는 줄 알았다. 알고 보니 낯가림이 심했을 뿐이었다. 여행이 반을 넘자 수다쟁이 툭텐이 튀어나왔다. 마치 방언 터진 사람처럼, 툭텐의 농담은 끝이 없었다. 말문이 트인 툭텐의 영어는 물 흐르듯 유창했다.

잠시 후, 래프팅 보트가 도착했다. 산타리와 우뇌뇌는 완전 신난 표정이었다.

"부탄의 엄마는 생각보다 터프하네!"
"너희도 같이했으면 좋았을 텐데!"

하지만 물에 홀딱 젖은 두 사람의 모습을 보며 융융이와 나는 래프팅을 안 하길 잘했다고 생각했다. 물놀이를 한 후에 수건으로 닦아도 가시지 않는 물기의 느낌이 싫다. 어쨌거나 모두가 만족스러운 시간을 보냈으니, 그거면 됐다.

산타리's 행복의 조건B

좋아하는 것을 할 때. 부탄에 오기 전부터 래프팅을 해보고 싶었다. 물살은 생각보다 셌고 물은 굉장히 차가웠지만 다른 배들이 없어서 신나게 래프팅을 했다. 언제 또 부탄에 올 수 있을까. 래프팅을 해볼 수 있는 기회는 더더욱 없겠지. 돈이 얼마든 좋아하는 걸 해서 행복했다.

9
행복의 성

푸나카에서도 종이 빠질 수는 없다. 역시 설립자는 샵둥 냐왕 남걀. 이제는 니룸이 '샵둥'만 말해도 '냐왕 남걀!'이라고 외칠 수 있을 정도로 친숙한 인물이 되었다. 푸나카 종은 1637년 지어졌다. 부탄에서 가장 아름다운 종이라고 불린다.

푸나카 종 근처에 가자 왜 가장 아름다운 종인지 단번에 알 수 있었다. 어머니 강과 아버지 강이 만나는 곳, 강 한가운데 떠 있는 모양의 푸나카 종은 하루 종일 바라보아도 질리지 않을 것 같았다. 5대 왕 역시 이곳을 좋아해서 2011년 결혼식도 푸나카 종에서 올렸다고 한다.

푸나카 종에도 파드마 삼바바와 얽힌 이야기가 있다. 파드마 삼바바는 생전에 이런 예언을 했다고 한다. '남걀이라는 사람이 이곳에 나타나서 나라를 하나로 통일할 것이고 성을 지을 것이다.' 그리고 정말로 샵둥 냐왕 남걀은 부탄을 통일하고 푸나카 종을 지었다.

푸나카 종이 강 한가운데에 있기 때문에, 나무다리를 건너야 입구가 있다. 다리 역시 너무 예쁘고, 평화롭게 놀고 있

는 강아지들이 좋아 보여서 사진을 찍었다. 그때, 니룹이 픔
하고 웃음을 터뜨렸다.

"왜 웃어?"
"쟤네 뭐 하고 있는지 안 보여?"

우리의 질문에 니룹은 개들을 가리켰다. 그제야 눈에 들
어온 광경. 그것은 바로 짝짓기를 하고 있는 장면이었다. 나
역시 당황스럽고 민망해서 웃음이 터졌다. 절 앞에서 짝짓기
하는 개라니! 이 부조화스러운 조합은 뭐란 말인가. 부탄 사
람들은 별 감흥 없이 지나쳤다. 이 나라에선 뭐가 이렇게 다

자연스러운 거야.

푸나카 쫑에서 갑자기 니룹이 물었다.

"한국에도 게이가 있어?"

"응, 당연하지. 요즘에는 사회적인 이슈가 되기도 했어."

그러고 보니 궁금했다. 부탄은 비교적 남녀 역할에 대한 고정관념이 약한 곳이고, 결혼제도 역시 유연하다. 그렇다면 동성애에 대한 태도는 어떨까? 불교에서 동성애를 어떻게 바라보는지에 대해서는 생각해본 적이 없다.

"부탄에도 게이나 레즈비언이 있어?"

"있지. 그런데 그걸 대놓고 말하거나, 표현하지는 않아."

"그럼 동성애에 대한 법이 있어?"

"동성애에 관한 법률이 왜 필요하지?"

니룹은 순간 의아한 표정을 지었다. 동성애자들 간의 결혼 인정에 관한 법률이 있을 수 있고, 일부 국가에서는 처벌 대상이 되기도 한다고 말해주었다. 그러자 니룹은 특유의 표정을 지으며 말했다.

"왜 굳이?"

　역시, 동성애를 대하는 사람들의 태도 역시 매우 부탄답다고 생각했다. 나랑 다른 종류의 인간이 있네. 응 그렇구나. 하고 그냥 받아들이는 것. 어쩌면 이것 역시 행복의 조건일 수 있겠다고 생각했다.

　"부탄의 동성애자들은 같이 살기도 해?"
　"드물긴 한데, 본 적 있어."
　"사람들은 뭐라고 해?"
　"신기하게 생각하지. 드문 경우니까. 그래도 욕하거나 하지는 않아."

    니룹이 갑자기 이 이야기를 꺼낸 이유는 우리 직전 손님들이 레즈비언 커플이어서, 그 손님들 생각이 났기 때문이었다. 니룹의 추억 덕분에 부탄 사람들의 생각을 하나 더 알 수 있는 시간이 되었다.

    아름다운 푸나카. 평화 그 자체인 도시에서 기절 직전까지 웃고 떠들고 장난치고 신나게 놀았다. 보정을 하지 않아도 비현실적인 색감의 사진들 역시 넘치게 찍었다. 푸나카는 쨍한 색감으로 기억될 것 같다. 비행의 피로도 가시고, 고도도 낮아서 몸도 편안했다. 안녕, 푸나카. 정말 즐거웠어.

Episode 5

호랑이 둥지에 오르는 길

1
다시 파로로

`

우리는 미친 듯이 졸며 파로로 왔다. 산타리와 우놔놔는 산행에 이어 래프팅까지 했으니 정신을 차릴 수가 없었다. 툭텐은 이때다 하며 부탄 노래를 틀었다. 차가 덜컹거릴 때마다 얼핏 잠이 깼다가 사람을 나른하게 만드는 부탄 노래를 들으며 다시 잠이 들었다를 반복했다.

우리의 일정은 '파로-팀푸-푸나카-파로'로 이어졌다. 고도와 컨디션 문제로 호랑이 사원은 여행 후반부로 일정을 잡는다. 특히 한국 사람들은 고산 지대에 적응이 전혀 안 되어 있기 때문에 장시간 비행에 이어서 바로 해발 3000m를 넘은 곳에 고산병이 올 확률이 높아진다. 그래서 2000~2600m 정도의 고도를 오가며 적응을 한 후에 간다.

하지만 이런 일정에는 다른 이유도 있다고 생각한다. 호랑이 사원은 부탄 여행의 핵심이자 하이라이트다. 하이라이트를 초반에 봐버리면 뒤가 김빠지니까, 가장 먹고 싶은 건 남겨뒀다 아껴먹는 것처럼 기대감을 높이기 위한 여행사의 배려가 아닐까?

2
폭소 유발 전통 공연

파로 호텔에 도착했을 때, 또다시 믿을 수 없이 아름다운 풍경이 펼쳐졌다. 푸나카와는 또 다른 아름다움이 우리를 반겼다. 오는 내내 졸았지만, 역시나 낮잠을 잤다. 부탄 여행에서 낮잠은 빼놓을 수 없는 일정이 되었다. 실컷 자고 일어난 후의 일정은 전통 공연 관람 및 저녁식사였다.

전통 공연은 크게 기대하지 않았는데, 역시 뭐든 반전이 없으면 부탄이 아니다. 공연과 식사를 한 장소에서 한다고 했다. 내가 상상한 공간은 높은 곳에 무대가 있고, 홀에는 원형 테이블이 여러 개 놓여 있는 모습이었다. 그런데 차는 1층짜리 작은 건물 앞에 멈춰 섰다.

가정집같이 생긴 건물로 들어가니 창문이 커다란 나 있는 식당이 있었다. 홀에는 식탁과 의자가 밀쳐져 있고, 빈 벽면 가운데에 의자 네 개만 덩그러니 놓여 있었다. 니룹은 우리에게 저 의자에 가서 앉으라고 했다. 처음에는 이 상황이 이해되지 않았다. 우리 넷만을 위해서 수십 명이 공연을 한다고?

객석이 어둡고, 무대가 환한 공간에 익숙한 우리에겐 당황 그 자체였다. 관객인 우리가 너무 환히 보이니 발가벗고 광장에 서 있는 기분이었다. 그런 마음을 아는지 모르는지, 10대 후반 정도의 소년 소녀들이 우르르 들어오고, 북과 마림바 비슷한 악기가 등장하고 악사들도 자리를 잡았다.

웃음이 터졌다. 그때 처음 깨달았다. 민망하고 부끄러운 마음이 지나치면 웃음이 멈추지 않는구나. 앞에 테이블이라도 있었으면 숨었을 것 같은데 숨을 곳도, 눈길을 피할 곳도 없었다. 웃음을 멈추기도 전에 공연이 시작되었다. 무용수들은 노래를 부르며 춤을 추기 시작했다. 무용수들에게 예의가 아니기에, 얼굴이 새빨개지도록 웃음을 꾹 참아봤다. 그러나 웃음이 자꾸 새어나왔다.

공연은 재미있었다. 관객의 웃음을 유발하는 장면이 많아서 웃음을 참을 필요 없이 마음껏 웃을 수 있었다. 소녀들

의 환영 춤이 끝나자, 우리나라 하회탈과 놀랍도록 비슷한 탈을 쓴 남녀 무용수들이 우르르 들어왔다. 그중 취발이와 똑 닮은 탈이 드룩파 쿤리 역할인 것 같았다. 그는 아예 우리 앞으로 의자를 가지고 와서 계속 뽀뽀를 해달라고 졸랐다. 결국 융융이와 나의 뽀뽀를 받고서야 순서가 끝났다.

다음 순서에서 가장 큰 반전은 탈을 벗은 취발이가 세상 수줍은 소년이었다는 것. 우리가 본인을 알아보자 얼굴이 새빨개져서는 눈도 마주치지 못했다. 우리는 그 모습이 귀여워서 계속 처다보고, 소년은 더욱 부끄러워했다. 소년의 빨개진 얼굴을 공연이 끝날 때까지 본래 색으로 돌아오지 못했다.

이어진 공연은 신기할 정도로 우리나라 전통 무용과 비슷했다. 북청사자놀음처럼 두 명이 한 조가 되어서 사자 탈을 쓰고 추는 춤은 춤사위는 물론이고 장단도 거의 비슷했다. 북소리로 장단을 맞추고, 쿵쿵쿵 소리와 함께 분위기가 고조되었다. 무용수들은 보기만 해도 어지러울 정도로 빠르게 돌기를 반복했다.

전통 공연은 부탄의 여러 부족의 문화를 조금씩 보여주는 형식이다. 그래서 우리가 가보지 못한 동쪽의 사르춉 부족 의상과 춤 역시 포함되어 있었다. 사르춉 복장은 여자들이 작은 고깔 같은 나무 모자를 쓴 것이 인상적이었다. 무용수들은 부탄 전역의 모든 부족 춤과 노래를 조금씩 익혀서 관광객들에게 보여주었다.

　부탄 국민 스포츠는 활쏘기다. 종카어로는 다체(Datse)라고 하는데 140m 거리에서 쏜다. 국제 양궁 거리 70m의 두 배 수준이다. 그러나 한민족 역시 활쏘기로는 둘째가라면 서러운 민족. 그래서인지 2005년에는 한국인 김학용 감독이 부탄 대표팀을 이끌었다고 한다.

　후반부에 활쏘기를 형상화한 순서도 재미있었다. 남자 무용수들이 활 경기를 하고, 여자들이 열띤 응원을 하는 내용이었다. 남자 무용수가 활을 쏘려고 할 때, 반대편을 응원하는 여자 무용수들이 남자를 놀리고 방해하는 모습이 꼭 예능 프로그램을 보는 것 같았다.

　마지막에 다 같이 손 잡고 춤을 춰야 한다고 강요당했을 때는 이미 너무 웃어서 반항할 기력조차 남아 있지 않았다.

다 같이 강강수월래를 하듯 손에 손을 잡고 간단한 안무를 하며 구호를 외쳤다. 스텝은 단순했지만 정신없이 웃느라 계속 발이 꼬였다. 공연이 끝나고, 옹기종기 모여 기념사진까지 찍었다. 조금 전까지 무대를 휘어잡던 모습과 달리, 까르르 웃는 모습이 영락없는 어린아이들이었다.

　무용수들은 이미 돈을 받았기 때문에 굳이 팁을 줄 필요는 없다고 했다. 그러나 잊을 수 없는 공연을 보여준 무용수들에게 어떻게든 감사를 표하고 싶었다. 무용수들이 가고, 우리는 그 자리에서 저녁식사를 했다. 역시나 넓은 식당에는 우리뿐이었다. 너무 많이 웃어서 숟가락 들 기운조차 남아 있지 않은 기분이었다.

3
탁상 사원은 왜 유명한가?

　　탁상 사원Taktshang Goemba, 호랑이 둥지는 부탄 최고의 성지다. 벼랑 끝에 걸쳐진 모양새가 신비롭고 멋져서 부탄 안내책자나 기사에 대표 이미지로 쓰인다. 부탄 역사의 시작점이며, 부탄의 역사와 문화의 근간이 되는 곳이다. 부탄 국기의 용이 발에 쥐고 있는 여의주도 파드마 삼바바가 남긴 숨겨진 보물을 뜻한다.

'두 번째 부처'라 불리는 파드마 삼바바는 747년 부탄으로 왔다. 그는 8가지 모습으로 변신할 수 있었는데, 그중 도르지 드락포Dorji Drakpo로 변신하여 암호랑이를 타고 파로에 있는 탁상으로 날아갔다. 금강저와 주술들로 악귀를 물리친 후, 호랑이 동굴에서 석 달 3일 3시간 동안 명상을 했다고 한다.

파드마 삼바바는 자신이 죽으면 다시 불교가 박해받을 것을 예견하고, 여기저기에 경전과 불상 등을 숨겨놓았다. 1646년에 샵둥 냐왕 남걀이 부탄을 순례하던 중, 탁상 사원 자리에서 숨겨진 보물 '테르마'를 발견했다. 샵둥 냐왕 남걀은 1692년 사원을 세웠다. 1998년 화재로 소실되었으나 2000년 재건했다.

고고하게 절벽에 붙어 있는 사원에 가기 위해서는 왕도 왕비도 하나의 길로 올라가야 한다. 사원 내부 입장은 규정이 엄격하다. 부탄 사람들은 정식 고와 키라를 입어야 한다. 외국인은 긴팔과 긴바지를 입고, 모자는 벗어야 한다. 다른 사원들보다도 사진 촬영이 엄격히 금지되어 있기 때문에, 카메라와 핸드폰 등 소지품 일체는 맡기고 들어가게 되어 있다.

탁상 사원은 여러 차례 복원을 거쳤다. 1951년에 화재로 일부가 소실되었다가, 1998년 대화재로 본당이 완전히 불에 탔다. 당시 부탄에는 헬리콥터가 한 대도 없어서 진화가 불가능했다고 한다. 2000년 대대적인 복원공사로 현재의 모습을 갖추게 되었다.

그렇지만 내부의 보물들은 피해를 입지 않았다. 거기에는 믿기 어려운 사연이 있다. 화재가 있기 얼마 전, 탁상 사원에 기거하는 스님들 꿈속에 파드마 삼바바가 나타났다. 그리고 보물을 다른 곳으로 옮겨 놓으라고 명했다는 것이다. 같은 꿈을 꾼 스님들은 보물을 안전한 곳으로 옮겼고, 화재로부터 보호할 수 있었다고 한다.

티베트 사자의 서 The Tibetan Book of the Dead

파드마 삼바바가 쓴 108개의 경전 중 하나. 사람이 죽었다가 다시 환생할 때까지 49일 동안 겪는 일을 쓴 책이다. 티베트어로는 '바르도 퇴돌'이라고 한다. '바르도'는 '둘 사이'라는 뜻이고, '퇴돌'은 듣는다는 뜻이다. 즉, 삶과 죽음 사이에서 깨달음의 말씀을 듣는 법을 알려주는 내용이다.

불교에서의 49재는 이 책에 기초한 의식으로, 망자가 49일 동안 '바르도'를 지나면서 깨달음을 얻을 수 있기를 기원한다. 그래서 한자로는 천도재遷度齋라고 부르기도 한다. 진리를 깨닫고 해탈할 수 있도록 불교 경전을 계속해서 읽어주는 것이다.

4
해발 3140미터, 탁상 사원 가는 길

"안 돼. 너희는 젊고 건강하잖아. 충분히 올라갈 수 있어."

"하지만 우리 체력은 저질이야. 우리 그냥 말 타고 가면 안 될까?"

탁상 사원에 가기 전, 니룹과 우리는 말 타는 문제를 가지고 옥신각신 줄다리기를 했다. 사연은 이렇다. 탁상 사원으로 가는 길 초반에 요금을 내면 말을 타고 갈 수 있다. 우리는 당연히 말을 탈 생각을 하고 왔는데, 니룹이 강경하게 반대를 하고 나섰다. 하지만 우리는 전 구간을 걸어 올라갈 자신이 없었다.

우리가 이렇게 겁을 먹은 데에는 다시 한 번, 융융이의 아는 오빠들의 영향이 있었다. 아는 오빠들이 적어준 부탄 꿀팁에는 '무조건 말을 탈 것!'이라고 쓰여 있었기 때문이다. 걸어서 올라가려면 너무 힘든 코스라며, 말 타기는 필수라고 했다. 젊은 남자들이 그렇게 말할 정도라면 얼마나 힘든 것일까 싶었다.

푸나카에서부터 말 타기 문제는 니룹과 우리의 주된 논쟁

거리가 되었다. 뭐든 우리가 하자는 대로 다 해주는 니룹은 어디로 갔는지.

니　룹 : 말을 타는 건 죄를 짓는 거야. 업을 쌓는 거라고!

산타리 : 인생이란 원래 업을 쌓는 거 아닐까? 여행하는 것도 그렇고….

니　룹 : 그러니까 업을 굳이 또 추가할 필요가 없다는 거야.

우놔놔 : 하지만 우리가 너무 힘들어서 못 올라갈지도 몰라.

니　룹 : 그렇지 않아. 너 자신에게 믿음을 가져.

융융이 : 찾아보니까, 말이 우리를 태워주는 것은 선행을 쌓는 거래!

니　룹 : 그래, 그래서 너희가 다음 생에는 말로 태어나서 개고생 하겠지!

은시리 : 파드마 삼바바도 호랑이 타고 갔잖아…. 그러니까 우리가 말을 타는 것도 그렇게 심한 악행은 아니지 않을까?

니　룹 : (대답할 가치가 없는 말에는 대답하지 않겠다.)

이런 식의 대화가 끝도 없이 이어졌다. 결국 니룹이 백기를 들었다. 너희는 못 말려, 하는 표정으로 고개를 절레절레 저으며 한숨을 쉬었다.

"그래, 타고 싶으면 타. 어찌겠어!"

그러면서도 니룹은 탁상 사원에 대한 기대치를 한껏 올려 놓았다.

"탁상 사원은 가이드 생활을 하면서 수도 없이 가봤어. 하지만 한 번도 감동하지 않은 적이 없어. 갈 때마다 경건한 마음이 들고, 아름다운 풍경에 행복을 느껴."

니룹은 탁상 사원을 만끽하기 위한 계획도 세워놓았다. 우리는 다른 관광객들보다 약 1시간 일찍, 6시 30분에 출발하기로 했다. 그날의 방문객 중 가장 먼저 사원에 들어가겠다는 계획이었다. 사원 내부가 넓지 않아서 사람들이 몰리면 제대로 구경을 할 수 없다고 한다.

"너희는 말 타고 갈 거니까, 빨리 도착할 수 있겠지."

니륩, 은근 뒤끝 있는 남자였다!

아침 일찍 길을 나서서 입구에 도착했다. 등산로 입구에는 말 수십 마리가 사람들을 태우려고 기다리고 있었다. 말을 모는 아주머니는 우리를 매의 눈으로 훑어보더니 말을 지정해주었다. 내가 탄 말의 이름은 싱게 놀부였다. 니륩은 싱게 놀부가 소중한 보물Precious jewel이란 뜻이라고 알려주었다.

우리 넷과 일본인 단체 관광객들이 말에 올라타자, 말들은 한꺼번에 출발했다. 초등학교 4학년 때, 잠깐 타고 사진 찍어본 게 말 타기 경험의 전부였다. 그래서 말 위에 올라타는 것부터 무서웠다. 살아 있는 생명체 위에 올라타야 한다는 사실이 생소했다.

말 타기는 절대 편하지 않았다. 출발 전, 간단한 교육을 받

왔다. 말 타기에는 요령이 필요하다. 오르막길에선 상체를 숙이고 내리막길에선 상체를 젖혀서 사람 몸이 수직을 유지해야 말이 덜 힘들다고 했다. 말에 탄 순간부터 긴장해서 어깨가 움츠러든 나는 한 마디 한 마디를 집중해서 들었다.

내가 탄 말 싱게 놀부는 정말 똑똑하고 고집 셌다. 나를 태우고 올라가는 일을 달가워하지 않는 것이 느껴졌다. 개울이 나타나자 싱게는 기다렸다는 듯이 말머리를 돌려 개울로 다가갔다.

그런데 자세히 보니 혀를 개울물에 살짝 담그기만 할 뿐, 물을 마시지 않고 있었다! 식스 센스 수준의 반전이었다. 아주머니가 물을 먹는 건 막지 않으니 물을 마시는 척하면서 조금이라도 쉬고 싶었던 것이다. 선두에 있던 싱게는 금세 맨 뒤로 자리를 바꾸었다.

무리 중에서도 유독 내가 탄 말 싱게와 융융이가 탄 말 줌마가 말을 듣지 않았다. 주인아주머니는 목이 터져라 싱게와 줌마의 이름을 외쳤다.

"줌마, 줌마, 줌마아!!!!!!!! 싱게에에에!!!!!"

산속에 울려퍼지는 외침을 들으니 미안해서 몸둘 바를 몰랐다. 조금이라도 도와줘야겠다 싶어서 정신을 바짝 차리고 상체를 숙였다 젖히기를 반복했다. 긴장을 해서 나도 모르게 어깨에 힘이 잔뜩 들어갔다. 말을 탄 것은 1시간 정도였는데 그 시간이 길게만 느껴졌다.

소나무숲을 지나자 능선이 나타났다. 말들이 갈 수 있는 건 여기까지. 도착했다는 말을 듣자마자 얼른 내렸다. 올라오기 너무 싫은데 꾹 참고 올라온 싱게에게 너무 미안하고 고마웠다. 올라가다가 힘들고 배고파지면 먹으려고 아침에 사과를 챙겨왔는데, 싱게에게 주고 싶었다. 나는 니룹을 불렀다.

"말한테 사과 줘도 돼…?"

니룹은 피식 웃으며 줘도 된다고 했다. 싱게는 내가 내민 사과 한 알을 순식간에 먹어치웠다. 참참참 먹는 모습을 보니 더욱더 죄책감이 밀려왔다. 결국 나는 니룹에게 고백하고 말았다.

"말 타지 말라는 말을 들을 걸 그랬어. 좋은 선택이 아니었던 것 같아."

"거 봐, 내 말이 맞았지?"

나룹은 의기양양해졌다. 하지만 너그러운 불교 신자답게, 이렇게 말해주었다.

"알았으면 됐어. 말도 너의 마음을 알았을 거야."

다음에 오게 된다면 말은 절대로 타지 않을 것 같다. 물론 말을 타는 것은 개인의 선택이고, 색다른 체험을 해본다는 의미도 있을지 모른다. 하지만 나의 색다른 체험을 위해 살아 있는 생명인 말을 고생시킨 게 못내 미안했다.

산타리's 불행의 조건3

나로 인해 다른 사람, 다른 동물이 힘들어할 때. 니룹은 말 타기를 반대했다. 사람과 짐승은 말을 못하는 차이밖에 없는데, 나 편하자고 말을 타는 건 죄를 짓는 거라고 했다. 그래도 힘겹게 오르는 것이 싫기에 말을 타기로 했다.

신이 나는 건 처음 몇 분뿐. 말에게 미안해졌다. 주인아주머니는 말을 채근했고, 니룹과 툭텐도 말을 끄는 데 동원되었다. 나 편하자고 주변 사람, 짐승들을 힘들게 하는 것 같았다. 내가 할 수 있는 것은 내가 하는 게 행복해지는 길이라는 걸 깨달았다. 두 발로 계단을 올라 탁상 사원에 가니 불편한 마음이 조금 가시는 듯했다.

5
어두운 동굴 속 한줄기 빛

　사람들을 내려준 말들은 다시 시작 지점으로 무리 지어 내려갔다. 탁상 사원으로 가는 길은 이제부터가 진짜 시작이다. 겁먹었던 것에 비해, 산길은 올라갈 만했다. 산타리와 나는 명색이 등산 메이트고, 융융은 지리산 거주민이고, 우나와도 체력엔 자신이 있는 편이다. 말 타기 전엔 엄살이 심했던 거, 다시 한 번 인정한다.

　숨도 많이 가쁘지 않아서 간간이 대화를 나눌 수 있었다. 산타리는 부탄에 오기 직전 양양으로 서핑 갔던 이야기를 꺼냈다.

"너희 낙산사 가봤어?"

"응, 여러 번 가봤지."

　강원도 양양에는 낙산사라는 절이 있다. 낙산사 홍련암은 암자 바닥이 뚫려 있고, 그 밑으로 파도치는 바다를 볼 수 있는 곳으로 유명하다. 산타리는 서핑을 갔다가 낙산사에 갔는데, 함께 갔던 친구가 이런 말을 했다고 한다.

"부탄에 간다고? 탁상 사원 보러? 절벽에 절이 붙어 있다고? 그거 보고 싶으면 여기 오면 되지 왜 부탄까지 가?"

우리는 그 얘기를 듣고 한참 웃었다. 생각해보니 낙산사도 절벽에 있긴 하구나! 우리는 홍련암에 '탁상사'라는 별명을 붙여주었다.

탁상 사원이 꽤 가까워졌을 때, 카페테리아가 나타났다. 전망대라고 쓰여 있기에 차도 한 잔 마시고, 구경을 하다 가려고 했다. 그러나 니룹의 주장은 단호했다.

"저기는 볼 것도 없고 음식도 맛없어. 저기에서 쉬다 보면 다른 사람들이 올라올 거야. 빨리 사원 보고 내려와서 밑에서 맛있는 거 먹자."

우리는 군말 없이 니룹의 말에 따랐다. 이 높이까지 음식을 날라야 하니 산해진미가 있을 것 같지 않았다. 그리고 조금이라도 빨리 탁상 사원에 들어가보고 싶었다.

탁상 사원은 끝까지 방문객과 밀당을 했다. 지척에 사원이 보이는데, 사원으로 향하는 길은 수백 개의 계단을 내려갔다 수백 개의 계단을 올라가야 했다. 하지만 생각보다 힘들지 않았다. 눈앞에 탁상 사원이 계속해서 보였기 때문이다.

탁상 사원은 명불허전이다. 종교적 믿음이 없더라도 신비한 분위기에 압도당하고, 비현실적으로 웅장하고 멋진 풍경에 감탄하게 된다. 장엄한 자연을 마주하면 인간의 보잘것없음을 느낄 때가 많은데, 탁상 사원을 보니 험난한 자연도 인간의 의지와 믿음을 막지 못했다는 생각이 들었다. 누군가는 이곳에 사원을 세우고, 길을 닦고, 누군가는 또 꾸역꾸역 찾아온다.

니룹의 판단은 정확했다. 빨리 움직여서 우리가 사원에 가장 먼저 도착할 수 있었고, 덕분에 고요하고 평화롭고 여유롭게 사원을 둘러보았다. 함께 말을 탔던 일본인 팀은 연세가 많은 분들이 많아서 그런지 산행을 시작하자마자 뒤처졌다. 우리는 준비한 긴 옷을 걸치고, 니룹은 고의 매무새를 다듬고 카브니를 둘렀다. 총을 든 군인들이 입구를 지키고 있었다. 우리는 소지품을 맡기고 들어갔다.

절벽에 위태롭게 서 있는 사원 내부는 생각보다 크고 복잡했다. 신발을 벗자 발바닥에 닿는 감촉이 서늘했다. 니룹은 각각의 불당을 우리에게 설명하면서도 매번 기도를 빼먹지 않았다.

사원과 사원 사이에 커다란 바위가 있었다. 바위에는 작은 구멍이 뚫려 있는데, 눈을 감고 다가가서 구멍에 엄지가 닿으면 소원이 이뤄진다고 했다. 우리는 모두 시도해보았지만, 아무도 성공하지 못했다. 니룹은 이곳에 올 때마다 도전해보는데, 겨우 세 번 성공했다고 했다.

나도 한 입만 주개…

"니룹, 그럼 그때 빌었던 소원은 이뤄졌어?"

니룹은 대답 없이 미소를 지었다. 그 미소의 의미는 무엇이었을까.

가장 인상적이었던 법당은 한 면이 절벽 바위 그대로인 곳이었다. 법당 바닥에 구멍이 뚫려 있고, 안을 들여다보니 까마득한 동굴이 있었다. 떨어지면 죽을 수도 있는 깊이였다. 굴 안에는 무수한 돈이 떨어져 있었다. 내가 본 불전함 중 가장 크고 깊었다. 나도 지폐를 떨어뜨리며 기도했다.

"길이 좀 험하긴 한데, 호랑이 동굴Tiger's Nest에 가볼래?"

하나 마나 한 질문이었다. 여기까지 어떻게 왔는데, 가볼 수 있는 곳은 다 가봐야지! 호랑이의 동굴은 생각보다도 훨씬 들어가기가 험난했다. 폐소공포증이 있는 사람이라면 절대 들어갈 수 없을 것 같았다. 동굴 내부는 어둡고 좁고 춥고 습했다. 발을 디딜 공간도 마땅치 않아서 중간중간 나무판자를 대났는데, 밟을 때마다 삐걱거려서 부서지지는 않을까 걱정될 정도였다.

동굴 끝에는 제단이 있었다. 한 명씩만 들어갈 수 있을 정도의 공간에 희미하게 밝혀놓은 초가 일렁이고 있었다. 바깥세상과는 완전히 단절되어 있어 다른 세상에 온 것 같았다. 밖에서 들어오는 빛도 없었다.

우리는 차례대로 한 명씩 제단에 들어갔다 나왔다. 나는 마지막으로 들어갔다. 바로 몇 걸음만 걸으면 친구들과 니룹이 있는데, 그 순간만큼은 온전히 나 혼자인 느낌이 들었다. 니룹은 소원을 빌고 오라고 했다. 소원, 소원이라⋯. 눈을 감은 순간, 내 머릿속에 떠오른 생각은 단 하나였다.

'이 아름다운 나라에, 이 신비로운 사원에 다시 올 수 있게 해주세요.'

내려가는 길은 올라가는 길과 비슷했다. 계속해서 올라간 것이 아니라, 올라갔다 내려갔다를 반복했기 때문에, 내려

탁상 사원에 다시 올 수 있기를

갈 때에도 오르막이 있었다. 밑으로 내려와서 식당으로 갔다. 등산 후에는 뭘 먹어도 맛있는 법. 음식이 나오고, 우리는 식사를 시작했다.

그때, 산타리가 비장한 표정으로 무언가를 꺼냈다. 바로 볶음고추장과 참기름이었다. 우리는 고추장과 참기름을 소중하게 밥에 뿌렸다. 그 맛은… .

"바로 이거야. 그리운 고향의 맛!"

우리는 감탄에 감탄을 거듭하며 그릇을 싹싹 비웠다.

우놔놔's 끄적끄적3

부탄의 산들을 보면 진한 녹차 빙수가 생각난다. 담백하고 시원한 녹차 빙수의 맛처럼, 부탄의 자연이 주는 느낌 역시 담백하고 시원했다.

6
마지막 절에 가다

키츄 라캉Kyichu Lhakhang은 부탄에서 가장 오래된 사원 중 하나다. 종과 라캉은 질릴 때도 되었는데, 니룹의 열정적인 설명 덕분인지 가는 곳마다 특색도 있고 재미난 이야기도 있어서 질리지 않을 수 있었다.

키츄 라캉은 659년, 티베트를 통일한 송찬 감포 왕이 지었다. 왕은 당나라 공주와 결혼을 했는데, 공주가 석가모니 불상을 가지고 왔다. 근데 가져오는 도중에 불상이 꿈쩍도 안 하는 것이었다. 왜 그런가 봤더니 엄청 큰 도깨비가 방해를 하고 있었다. 거대한 도깨비는 티베트만 한 크기로, 머리는 동쪽에, 발은 서쪽에 누워 있었다.

왕은 도깨비의 108개 급소에 동시에 사원을 만들어 도깨비를 꼼짝 못하게 만들었다. 그랬더니 불상이 다시 움직이기 시작했다고 한다. 108개의 사원 대부분은 티베트에 있고, 부탄에는 이곳 파로와 중부 도시 붐탕에 하나씩 있다. 우리가 갔던 키츄 라캉은 도깨비의 왼쪽 발 위에 지어진 사원이다.

니룹은 왕이 108개의 사원을 단 하루에 만들었다고 강조했다. 물리적으로 불가능하다고 따지는 건 무의미하다. 신화는 신화로 이해하는 거니까. 사원은 오랜 시간을 지나온 만큼이나 여러 이야기를 담고 있었다. 물론 파드마 삼바바 이야기도 있었다. 부탄을 방문한 파드마 삼바바는 한동안 이 라캉에 머물렀다고 했다.

키츄 라캉은 고승이었던 전생의 기억을 가지고 태어나는 린포체를 모시는 사원으로도 유명하다. 우리나라 예능 프로그램에 부탄 사람이 나온 적이 있었는데, 그는 부탄의 문화를 소개하며 '환생 승인 위원회'가 있다고 했다. 아이가 진짜 고승의 환생인지를 검증하는 기관이라고 했다. 도대체 어떻게 검증을 하는지 의아했던 기억이 난다.

니룹은 환생을 확인하는 절차를 자세히 설명해주었다. 일

단, 고승은 입적 전에 자신이 환생했을 때 다시 사용할 물건을 골라둔다. 그러면 위원회는 그 물건들을 수습하고 고승에 대한 정보를 꼼꼼히 기록해서 보관한다.

환생한 어린아이가 말을 할 나이가 되었는데 전생 이야기를 하면 부모는 아이를 위원회에 데리고 간다. 위원회에서는 고승이 쓰던 물건을 일반 물건들 사이에 섞어 놓는다. 아이는 그 물건을 한 번에 골라내야 하며, 전생에 자신이 어디에 살았는지, 이름이 뭐였는지, 어떤 말을 했는지 기억해야 한다.

린포체임이 확인되면 그 아이는 절에서 생활하며 스님의 길을 걷는다. 어린아이라고 해도 다 큰 스님들은 그를 스승으로 모신다. 그렇지만 전생의 기억이 있을 뿐, 지혜나 지식을 그대로 가지고 태어나는 것은 아니라서 열심히 공부를 해야 한다. 린포체로 태어난 사람의 삶은 행복할까. 나라면 좋지만은 않을 것 같다. 어린아이가 감당하기엔 너무 무거운 책임이 따르는 자리라고 생각한다.

"자, 이제 우리 투어는 여기까지야."

사원을 나온 후, 니룹의 한마디에 복잡한 기분이 들었다. 별 탈 없이 즐겁게 여행을 완성했다는 기쁨도 있었지만, 벌써 끝이라는 아쉬움이 더 컸다.

내 옆에 있는 친구들을 보며, 이것이 바로 불교에서 말하는 인연인가 싶었다. 뜬금없는 우연 같지만 자세히 들여다보면 그렇게 될 여지를 가지고 있는 것. 우리가 모를 뿐 우리 안에 어떤 씨앗 같은 것을 품고 있었던 것이다.

우뇨뇨가 홍보 담당자가 아니었다면 부탄 프로모션 기사를 읽을 수 없었을 것이다. 내가 5년 전 산타리에게 부탄 이야기를 꺼내지 않았더라면 산타리는 나에게 부탄 여행을 제안하지 않았을 것이다. 융융이가 서울에 사는 직장인이었다면 선뜻 가자고 말할 수 없었을 것이다. 우리를 여기까지 이끈 인연이 감사하게 느껴졌다.

7
무지개 너머 어딘가의 행복

탁상 사원에서 내려오자마자 하늘이 흐려지더니 비가 왔다. 탁상 사원도 흐린 날에는 잘 안 보이고 길도 미끄럽다던데, 그런 걱정 없이 화창한 탁상 사원을 볼 수 있었다. 우기인데 이 정도면 날씨가 엄청나게 배려해주는 느낌이었다.

감동은 여기에서 끝이 아니었다. 일정을 마치고 호텔에 돌아오니, 그새 비가 그치고 선명하게 무지개가 떴다. 낮에 호텔로 돌아온 이유 역시 낮잠이었지만 무지개를 보니 잠이 싹 달아났다. 산타리와 나는 당장 융융이와 우냐냐를 불렀다.

"빨리 우리 방으로 와. 카메라 가지고!"

우리는 한참 동안 무지개를 바라보며 감탄하고, 사진 찍고, 다시 감탄하고를 반복했다. 반년 전, 처음 모였을 때가 아득하게 느껴졌다. 그때는 부탄이란 나라가 무지개처럼 멀게 느껴졌는데, 이렇게 부탄에 와 있다. 그리고 부탄에 오면 행복이 손에 잡힐 것 같았지만, 행복은 여전히 저 너머 어딘가에 있다. 그야말로 'Somewhere Over the Rainbow'다.

무지개를 보며, 차 안에서 니룹, 툭텐과 나눈 대화를 떠올렸다. 여행의 막바지, 부탄 사람을 만나면 묻고 싶었던 질문을 꺼냈다.

"행복이 뭐라고 생각해?"
"남을 돕는 것. 행복은 내가 부자가 되고, 내가 뭔가를 성취하는 데에서 오는 게 아니야. 주변 사람들이 함께 행복해질 수 있게 도와야 진정한 행복을 성취할 수 있어."

니룹의 말을 듣던 툭텐이 덧붙였다.

"그러나 우리가 모두를 돕는 것은 어렵지. 그러니까 도와주지 못할 거면 적어도 해치지는 말아야 해."

두 사람의 말은 모범 답안 같았다. 하지만 말이 쉽지 사람 마음이 어디 그런가.

"우리도 머리로는 이해해. 그런데 잘 와닿지 않아."
"나도 어릴 때부터 들었던 말이지만, 진정으로 그렇게 생각하게 된 건 오래되지 않았어. 4년 전에, 길을 가는데 한 스님이 도움을 청했어. 차가 고장 났는데 고칠 방법을 모르겠다고. 스님은 핸드폰도 없어서, 내가 사람을 불러서 수리하는 걸 도와줬어. 스님이 기뻐하는 모습을 봤을 때, 비로소

무지개 저 너머 어딘가, 높은 곳에
자장가에서 들었던 곳이 있어요.
무지개 저 너머 어딘가, 하늘은 파랗고
감히 꾸지 못했던 꿈이 이루어져요.

언젠가 별에게 소원을 빌 거예요.
그리고 구름보다 한참 위에서
눈을 뜨겠죠.
고민들은 레몬 사탕처럼 녹아내리는
굴뚝보다 훨씬 높이 있는 곳
거기에 내가 있을 거예요.

무지개 저 너머 어딘가,
파랑새가 날아가요.
새들은 무지개 너머로 날아가는데
왜, 나는 왜 그러지 못할까요.
행복한 파랑새들은
무지개 너머로 날아가는데
왜, 나는 왜 그러지 못할까요.

Judy Garland,
⟨Somewhere Over the Rainbow⟩

행복이 뭔지 깨닫게 됐어."

  항상 장난기 넘치고 유쾌했던 니룹과 툭텐이 이렇게 진지
하게 이야기를 하니, 민망하기도 하고 감동적이기도 했다.
니룹은 가이드라는 직업을 정말 잘 선택했구나 싶었다. 관
광객들에게 즐거움을 선사하고, 우리를 끊임없이 도와주었
으니까. 자유여행을 해본 사람들은 안다. 뭐 하나 예약하고,
일정 짜는 게 얼마나 만만찮은 일인지. 그런데 니룹이 모든
서류작업을 다 해주니 우리는 너무 편했다. 니룹은 우리가
행복하게 여행할 수 있게 해준 1등 공신이다.

오히려 니룹과 툭텐이 우리에게 물었다.

"너희는 안 행복해?"

그 질문에 우리 네 명 모두 명쾌하게 답하지 못했다. 한국 사람 중 망설임 없이 '나는 행복하다'고 답할 수 있는 사람이 몇이나 될까. 두 사람은 계속해서 물었다.

"왜 행복하다고 말할 수 없는데?"

그 말에도 우리는 딱히 대답할 말을 찾지 못했다. 정말 왜

행복하다고 말하지 못하는 걸까? 불확실한 미래 때문에? 일이 힘들어서? 결국 원하는 게 너무 많기 때문이라는 결론을 내렸다. 시험에서 좋은 결과를 바라고, 돈을 많이 벌기를 바라고, 뭔가를 소유하길 바란다. 니룹은 우리의 말에 고개를 끄덕이면서 이렇게 말했다.

"나도 돈 벌려고 일하고, 돈 버는 일은 힘들어. 오늘 탁상사원 올라가는 거 힘들지? 나한테도 힘들어. 그런데 돈 벌어야 하니까, 참고 올라가는 거야. 그렇지만 그 대가로 돈을 버니까 행복한 거야. 돈을 많이 벌어서가 아니라, 돈을 벌어서 어머니를 부양할 수 있으니까."

참으로 솔직하고도 신기한 말이었다. 부탄에서 가이드는 엘리트 직종이라서 좋은 집안에서 자랐을 거라고 막연하게 생각했다. 그러나 니룹은 어릴 적 가정형편이 그다지 좋지 않았다고 했다. 홀어머니 밑에서 컸고, 친척 중 대학까지 졸업한 사람은 자신이 유일하다고 했다. 니룹이 존경스러워 보였다.

우리가 만난 부탄 사람들의 공통점을 꼽자면, 귀찮음이란 감정이 없어 보인다는 거였다. 간단한 질문을 해도 열정적으로 대답하며, 우리에 대한 궁금증도 매우 컸다. 그래서 관광을 함과 동시에 그들이 우리를 관광하고 있다는 느낌을 받았다.

이 사람들이 정말 좋은 사람들이라는 생각을 하며, 오히려 벽을 느꼈다. 이들은 아마도 우리를 전혀 이해하지 못할 것이다. 니룹과 툭텐은 이렇게 말했다.

"바쁜 일상 속에서도 여유를 찾을 수 있지 않니? 매일 명상을 해봐."

한국 사회에서 그것이 얼마나 어려운지를 설명하는 것은 불가능하다고 느꼈다. 니룹과 툭텐은 세상에는 화낼 일이 별로 없다는 것을 깨닫게 되는 게 중요하다고 말했다. 늘 평정심을 유지하는 것. 우리가 참으로 하기 어려운 일이다. 그래서 농담 반 진담 반으로 물었다.

"툭텐, 그런데 팀푸에서 다른 차한테 화냈잖아! 우리가 부탄 말을 모르지만 그게 좋은 말이 아니었다는 것 정도는 알 수 있어."
"그건 그 차가 교통 법규를 무시해서 귀한 손님인 너희를 위험에 빠뜨릴 뻔했기 때문에 순간적으로 화가 난 거야."

실제로 툭텐은 팀푸의 로터리에서 한 차에게 소리를 질렀었다. 앞서 말했듯 부탄에는 신호등이 없다. 그렇기 때문에 교통 법규도 상황별로 어느 차가 우선 주행권을 갖는지에 관한 것이 자세하게 정해져 있다. 그리고 교차로에서 두 차가 만나면 관광객을 태운 차가 우선권을 가진다.

"근데 우리 차가 관광객 차인지는 어떻게 알아?"
"SUV잖아. 이런 차는 관광용으로만 등록이 가능해."

그러고 보니 부탄 현지인들이 타고 다니는 차는 모두 경차
였다. 미니 봉고, SUV 차량들은 모두 관광객용이었던 것. 다
시 한 번 부탄 정부의 세심한 정책에 감탄했다.

니룹, 툭텐과의 대화는 기대 이상으로 큰 울림을 주었다.
'내 옆 사람이 행복하지 않으면 내가 행복할 수 없다'는 믿
음을 가지고 선행을 베풀며 살아가는 그들이 큰 사람으로
보였다.

8
뜨거운 돌로 목욕하다

부탄에는 온천이 없다. 대신 돌을 뜨겁게 달군 다음 물에 넣어 목욕을 즐긴다. 돌은 3~4시간 동안 화로에서 뜨겁게 달군다. 대형 목욕탕은 없고, 농가 주택에 1인용 욕조가 몇 개씩 있다. 이 또한 부탄 여행 필수 코스라서, 우리는 등산 후의 피로를 풀러 한 농가로 갔다.

니룹과 로비에서 만나기로 한 시간은 5시. 준비하다 보니 로비에 도착했을 때는 5시 3분이었다. 니룹은 소파에 와불처럼 길게 드러누워 턱을 괴고 있었다.

"너네 늦었어."

니룹은 간단한 말로 구박하는 데 도사였다. 그리고 시간을 정말 칼같이 지켰다. 이것은 정말로 놀라운 일이었는데, 모든 부탄 책에서 부탄 시간관념이 희박하다는 내용이 있었기 때문이다. 한두 시간 늦는 건 늦었다고 여기지 않는다는 말도 있었다. 그러나 니룹은 10년간 여러 나라 사람들을 상대해서 그런지, 시간 약속을 분 단위로도 어긴 적이 없었다.

우리가 방문한 집은 호텔에서 멀지 않았다. 작은 헛간 같은 건물이 두 채가 있고, 건물 하나에는 1인용 욕조가 두 개씩 있었다. 산타리와 내가 한 건물을 쓰고, 우놔놔와 융융이가 한 건물을 쓰기로 했다.

여기에서도 융융이는 비즈니스 마인드로 우리를 경악하게 했다. 융융이가 사는 지리산 산청에는 온천이 없으니 손님들을 위해서 핫스톤 배스 시스템을 도입하면 어떨까 말하며 눈을 빛냈다. 융융이는 어떤 돌을 쓰는지, 어떤 식으로 달구는지를 꼼꼼히 물어보며 자료조사를 했다.

내부는 소박하고 깔끔했다. 욕조 크기는 우리나라 가정집 욕조보다 살짝 큰 정도. 욕조는 두 부분으로 나뉘어 있었는데, 사람이 들어가는 넓은 영역과 돌을 넣는 좁은 영역이 있었다. 나무 널빤지로 막아놓아서 물은 통하지만 돌은 굴러가지 않았다.

돌을 넣는 쪽 벽에는 구멍이 비스듬히 뚫려 있었다. 그래서 돌은 들어올 수 있지만 안은 보이지 않았다. 밖에서 집게로 돌을 집어서 퐁당 넣으면 치이익 소리와 함께 연기가 나면서 물이 데워졌다. 목욕을 즐기다가 너무 물이 미지근해졌다 싶으면? 허공에 대고 외치면 된다.

"핫 스톤 플리즈!"

그러면 잠시 후 뜨거운 돌 한 개가 퐁당 하고 들어오고, 서서히 물이 뜨거워졌다. 돌이 품은 열기가 대단한지, 물이 식는 속도가 매우 느렸다. 산타리와 나는 음악을 틀어두고 노곤노곤 목욕을 즐겼다. 스피커에선 선우정아의 〈뱁새〉가 흘러나왔다.

나도 쟤처럼 넓은 둥지에 태어났다면.
쟤처럼 비싼 깃털이 남아돈다면.
쟤처럼 힘센 날개를 달아본다면.
훨훨 날아갈 줄 알았어.
그러나 나는 나…

황새 따라가려다 가랑이 찢어지는 뱁새의 노래. 비교는 불행의 시작이다. 몸에 꼭 맞는 욕조 안에서 생각했다. 그래, 넓으나 좁으나 이게 내 둥지인 것을. 좋으나 싫으나 이게 내 깃털인 것을. 내가 나로 행복하게 사는 게 중요하다.

그러나 있는 그대로의 내 모습에 만족하며 살아간다는 것은 어려운 일이다. 누구는 화려한 삶을 사는 것처럼 보이고, 또 누군가는 자유로워 보인다. 여행도 마찬가지다. '여행스타그램'이 넘쳐나는 세상, 사람들은 그걸 보면서 이상적인 여행을 꿈꾼다. 여행을 하면 마냥 행복하기만 할 거 같은데, 여행을 하는 와중에도 비교는 멈추지 않는다. 나 역시 그랬다. 꼭 가고 싶었던 장소에 왔는데, 왜 나는 이 모양이지 하고 실망했던 적도 많았다.

그런데 부탄에서는 그런 생각이 멈추었다. 왜 그랬을까. 친구들과 너무 재밌는 시간을 보내서 그랬나, 아니면 인터넷이 끊겨서 그랬나. 가장 큰 이유는 부탄이었기 때문이 아닐까 싶다. 우리가 가장 많은 이야기를 나눈 부탄 사람들, 니룹과 툭텐 덕분이기도 할 것이다. 따뜻한 물속에서 온전히 여행을 즐길 수 있었음에 만족했다.

9
곡주와 함께한 저녁

목욕 후, 집 안으로 안내받았다. 인심 좋은 인상의 할아버지, 할머니께서 우리를 반겨주셨다. 저녁식사를 대접하는 것은 계약이 되어 있었겠지만, 사람들에게 음식을 대접하고 이야기 나누는 것을 즐긴다는 인상을 받았다.

식사 전, 버터 차Butter Tea를 마셨다. 부탄 사람들이 가장

부탄 가정집 거실은 이렇게 생겼다.

많이 즐겨 먹는 차인데, 밀크티와 비슷했다. 할머니는 커다란 깡통을 내놓으셨는데, 쌀 튀김이 들어 있었다. 바삭바삭한 쌀과 짭조름한 차의 궁합은 최고였다. 잠시 후 밥을 먹어야 하는데, 우리는 간식의 유혹을 이기지 못하고 계속해서 주워 먹었다.

잠시 후, 저녁식사가 나왔다. 마지막 저녁은 부탄 스타일을 따라 손으로 먹어보기로 했다. 예전에 아랍에미리트 친구들 집에 초대받아 손으로 밥을 먹은 적이 있었다. 손으로 밥을 먹는 것에 대한 거부감은 없었는데, 난감했던 것은 온도였다. 손으로 먹기엔 너무 뜨거웠다!

그때 기억이 나서 조심스럽게 밥을 집었다. 부탄 밥도 사실 손으로 집어먹기에는 뜨거워서 적당히 식혀 먹었다. 목욕 후 먹는 밥은 최고였다. 여기에 술 한 잔이 더해지니 완벽한 한 끼 식사가 되었다.

술을 마시게 된 사정은 이렇다. 할아버지, 할머니, 니룹, 툭텐까지 모두가 둘러앉아 밥을 먹는데 할아버지가 한국 사람들도 술을 좋아하냐고 물었다. 술을 사랑하는 한국 여자 넷은 술 이야기가 나오니 얼굴에 화색이 돌았다.

우리의 표정을 본 할아버지는 잠깐 기다려보라며 방으로 들어가시더니 보물단지 다루듯 술병을 안고 나오셨다. 전통 곡주 아라였다. 우리나라 안동소주 같은 것으로, 집집마다 만든다고 한다. 도수는 40도. 술 안 마시는 니룹과 툭텐은 질겁했지만, 우리는 신나서 받아들었다.

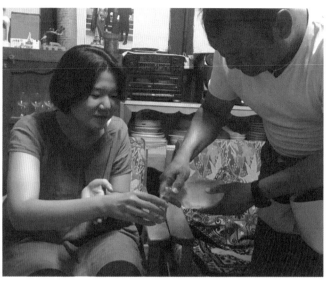

한 모금 마시니 식도와 위장의 모양을 그릴 수 있을 것같이 짜릿했는데, 향이 전혀 역하지 않고 은은했다. 투명함에 가까운 맛이었다. 술 향기마저도 부탄을 닮았다.

아랍 친구들과의 식사에서 불편했던 점은 또 있었다. 밥은 오른손으로만 먹어야 한다고 해서 왼손잡이인 나는 어색하게 오른손으로 밥을 집어먹어야 했던 것이다. 그런데 고개를 돌려보니 툭텐이 왼손으로 밥을 먹고 있었다.

"왼손으로 먹어도 돼?"

"왼손으로 먹고 싶으면 먹는 거지, 그걸 왜 물어봐?"

"우리나라에선 예의가 아니라고 생각해. 그래서 왼손잡이를 억지로 고치기도 해."

"왜 굳이?"

부탄 사람들은 다양성을 존중한다는 느낌을 넘어 다양함을 당연하게 여겼다. 바로 그런 점이 여행자들에게도 전달되어 편안함을 주었다. 부탄에서는 다른 사람과 달라도 주눅 들지 않을 수 있을 것 같았다.

마지막 저녁식사는 떠들썩하고 유쾌했다. 거실에 걸린 역대 왕들의 사진을 보며 왕족 이야기를 했다. 할아버지는 부탄 왕의 이름은 일반인들이 쓰지 않는 것이 원칙이라고 말해주었다. 그 이야기를 듣자 의문이 생겼다.

바로 전날, 툭텐과 우리는 인스타그램 친구를 맺었다. 그러면서 알게 된 툭텐의 본명은 왕추크^{Wangchuk}. 5대 왕 이름이 지그메 케사르 남곌 왕추크^{Jigme Khesar Namgyel Wangchuck}인데, '왕추크'라는 이름은 같은 것 아닌가?

"툭텐, 왕 이름이랑 같잖아!"
"툭텐 설마 왕족이었어?!"

우리의 말에 니룹과 툭텐은 웃음을 터뜨렸다.

"잘 봐봐. 내 이름 스펠링은 w, a, n, g, c, h, u, k. 이렇게 써. 그리고 왕의 이름은 w, a, n, g, c, h, u, c, k. 이렇게 쓰지. k 앞에 c가 있잖아. 그러니까 같은 이름이 아니야."
"그게 뭐야, 숨은그림찾기네!"

술기운이 더해져 별것 아닌 말에도 깔깔대고 웃었다. 처음이자 마지막으로 니룹, 툭텐과 함께 식사를 해서 더욱 특별했다. 관광객용 식당은 여행자만 이용할 수 있었다. 가이드는 여행자와 겸상하지 않는 게 규칙이라 생일파티를 제외하고는 두 사람과 함께 밥을 먹은 적이 없었기 때문이다.

부탄에 대한 오해와 진실

부탄에 관해 가장 많이 하는 오해는 술, 담배에 관한 것이다. 부탄 사람들은 음주를 즐기고, 담배 역시 전면 금지는 아니다. '세계 최초 금연 국가'로 알려져 있지만, 공공장소에서만 금지다. 외국인의 경우, 여행하며 피울 담배는 가지고 들어가도 된다.

부탄 정부가 흡연을 장려하지 않는 이유는 건강 때문이라고 하는데, 부탄에 가보니 또 다른 이유를 알 수 있었다. 대부분의 건물이 목조인데다가 숲이 울창하다. 꽁초를 잘못 버려서 불이라도 나면 그야말로 대재앙일 것 같다.

부탄에서의 마지막 저녁, 밀린 일기도 쓰고 니룹과 툭텐에게 줄 편지도 쓰며 각자의 시간을 보냈다. 1시간쯤 지나 다시 한 방에 모였다. 내가 참여하는 팟캐스트, 〈돈없수다〉 특별편 녹음을 위해서였다.

〈돈없수다〉 홍보를 하자면, '돈 없는 여자들의 돈 없는 이야기'를 주제로 아무말대잔치를 벌이는 소소한 팟캐스트다. 부탄에 온 김에 돈과 행복, 두 가지 주제에 대해 이야기해보기로 했다. 녹음 장비는 아이폰. 소리가 잘 들어가야 하니까 싱글침대 하나에 다닥다닥 붙어 앉았다.

먼저 여행에 대한 소감을 이야기하며 우리는 또다시 숨넘어가게 웃기 시작했다. 곡예비행, 깜짝 생일파티, 키라 쇼핑,

황당했던 래프팅, 잊을 수 없는 공연…. 쌓인 추억이 많았다.

정신을 가다듬고, 본격적으로 부탄 사람들의 행복 비결에 대한 이야기를 시작했다.

🐦 우놔놔 : 종교의 힘인 것 같아요. 모든 걸 다 부처님의 뜻으로 여기니까.

🦜 은시리 : 근데 불교 국가는 부탄 말고도 많은데, 부탄은 좀 더 특별한 거 같아.

🐦 산타리 : 돈은 없지만 굶주리지는 않아서 그렇지 않을까? 무상 복지니까. 그리고 니룹은 엘리트지만, 외국에선 육체 노동자가 될 가능성이 높을 거야. 더 많은 돈을 벌 수 있을지는 모르겠지만, 자신의 나라에서 문화를 알리며 인간답게 사는 게 좋아 보여.

🦜 은시리 : 아, 맞아. 부탄에서도 유학을 가는 사람들이 많은데, 유학을 마치면 대부분 부탄으로 돌아온대.

🐦 산타리 : 물질적 제반 조건은 부족해도 정신적으로는 충만한 것 같아.

🐦 우놔놔 : 근데 이 나라 사람들도 무욕은 아닌 거 같지 않아요? 푸나카에서 오토바이를 발견했을 때 니룹의 눈빛이란!

🐾 융융이 : 그래도 그 물욕을 다스릴 줄 아는 거 같아. 가지지 못 한다고 불행하다고 생각하지도 않고.

우리는 부탄의 시스템이 돈을 크게 신경 쓰지 않아도 되도록 짜여져 있다는 데에 동의했다.

보통 패키지여행을 가면 가이드하고 돈 때문에 불편해지는 일이 종종 있다. 그러나 부탄에서는 가이드와 돈 때문에 얼굴 붉힐 일이 없었다. 여러 가지 금액은 정부에서 정한 것이고, 가이드는 나라에서 월급을 받는다.

녹음까지 마쳤는데도 10시가 채 되지 않았다. 우리는 일찍 자자며 인사를 하고 각자의 방으로 돌아왔다. 침대에 누웠는데, 쓸쓸한 기분이 들었다. 너무 즐거웠기 때문일까, 융융이, 우냐냐와는 당장 내일 헤어져야 했다. 산타리와 남은 태국 여행을 할 수 있는 시간도 이틀밖에 남지 않았다.

부탄 여행을 가만히 돌아보았다. 긍정적 기운이 넘쳤던 여행이었다. 부탄이 진짜 행복한 나라인지, 행복이 무엇인지, 감히 내가 어떻게 알 수 있을까. 그러나 좋은 사람이 많이 살고 있는 좋은 나라라는 것은 알 수 있었다.

동시에 축복이라는 단어가 떠올랐다. 외국을 여행할 때마다 나는 축복받은 사람이라고 느낀다. 세계가 100명이 살고 있는 마을이라면 외국 여행을 할 수 있는 사람은 100명 중 16명이라고 한다. 일상에서는 내가 가지지 못한 것에 대한 결핍만을 생각하는데, 여행하는 순간에는 항상 그 말을 떠올린다. 여행을 하는 것 자체가 축복이다.

그러니 나보다 더 많이 가진 사람들 부러워하지 말고, 나보다 더 많이 가지지 못한 사람들 무시하지 말고 살아야겠다는 생각을 했다. 부탄에서의 마지막 밤은 고요하게 지나갔다.

Episode 6

끝, 그리고
또 다른 시작

1
어느새 찾아온 이별의 순간

마지막 아침, 일찍 눈이 떠졌다. 객실에 딸린 발코니로 나가 무지개가 떠 있던 산자락을 다시 바라보았다. 조금이라도 더 자세히 이 풍경을 눈에, 머리에, 마음에 담아가고 싶었다.

우리가 탈 비행기는 오전 10시 반에 파로를 출발해 오후 4시에 방콕 도착 예정이었다. 공항으로 가는 길, 우리는 급격히 말수가 적어졌다. 니룹과 툭텐 역시 처음에는 별말을 하지 않았다. 그러나 니룹과 툭텐은 마지막까지 농담을 던졌다.

"너네 우니?"
"우리랑 헤어지는 게 슬퍼서 우는 것 같은데?"

공항 건물 앞에서 우리는 준비한 엽서와 선물을 내밀었다. 그리고 남은 눌트럼을 전부 모아서 팁을 건넸다. 돈 때문에 니룹과 어색했던 유일한 순간이었다. 우리는 차례로 작별의 허그를 하고 안전한 여행을 기원하고, 건강을 빌었다.

애써 웃으며 손을 흔드는데, 눈물이 터졌다. 나는 잔정이 많지 않다. 처음으로 부모님과 떨어져 대학 기숙사에 살게 되었을 때에도 뒤돌아보지 않고 손 흔들고 들어가버리는 바람에 부모님을 섭섭하게 만들기도 했다. 지긋지긋한 연애를 끝냈을 때에도 미련 없이 돌아섰다.

그런데 부탄과의 이별에서는 그게 되지 않았다. 무엇이 그렇게 아쉬웠을까. 이 나라에 평생 살 것도 아니고, 떠나는 것은 자연스러운 일인데. 여행을 많이 다녀봤지만 이런 기분은 처음이었다. 니룹과 툭텐에 대한 고마움 때문이었던 것 같다. 두 사람은 최선을 다해 우리를 소중한 손님으로 대해주었다. 말하지 않아도 느껴졌다.

"은시리 운다!"
"울보래요!"

한참 동안 눈물 바람을 하다가 친구들 덕분에 겨우 정신을 차리고 체크인을 했다. 체크인 카운터가 두 개뿐이어도 수속을 다 마치는 데에는 30분도 채 걸리지 않았다. 게이트 근처에는 일반 가정집 텔레비전만 한 모니터가 붙어 있었다. 이날 출발한 비행기는 딱 여섯 대. 활주로가 하나라서 동시에 여러 대가 뜨고 내리지 못하기도 하고, 시계Visibility가 낮아서 해가 떠 있을 때만 이착륙이 가능하다.

여행의 아쉬움을 달래고, 비행기 시간을 기다리려면 면세점 쇼핑이 제격이다. 나는 선물용 위스키를 사려고 마음먹었다. 부탄 위스키가 특산품이기 때문이다. 각각 다른 종류의 위스키 세 병을 샀다.

면세점 규모 역시 아기자기했다. 우리나라 고속도로 휴게소에 있는 특산물 판매장보다도 작았다. 면세점 수공예품 대부분이 장애인들의 작품이라는 게 인상적이었다. 부탄은 장애인 복지를 중시해서 교육시설과 자립에 힘을 쏟는다고 한다. 장애인들의 자립까지 생각하는 정책, 역시 부탄 정책의 핵심은 세심함인 것 같다.

이미 공항에 들어선 이상 이제는 정말 떠나야 한다는 것을 알면서도 비행기가 뜨지 않았으면 하는 마음이 들었다. 그렇지만 비행기는 제시간에 출발했다. 공항 건물을 나가 활주로까지 걸어가서 비행기를 탔다. 기내로 연결된 계단을 밟으면서도 아쉬운 마음에 자꾸 뒤를 돌아보았다. 이렇게 질척한 미련은 나와 어울리지 않는데.

부탄, 잘 있어요. 인연이 닿아서 또 오게 되기를. 불교에서 말하는 인연의 힘을 믿어보기로 했다. 옷깃만 스쳐도 인연이라는 말이 있는데, 이름도 생소한 이 나라에서 몇 날 며칠을 먹고 자고 했으니 이것도 보통 인연은 아닐 것이다.

부탄은 하늘길도 직선이 아니다. 왔던 것처럼 비행기는 다시 곡선으로 비행을 하며 고도를 높여갔다. 파로 공항의 이륙은 다시 생각해도 스릴 넘친다. 활주로 길이가 짧아서 정말 순식간에 부아아앙 하고 이륙하는 느낌이었다. 그리고 이륙 후에는 왼쪽 오른쪽으로 번갈아가며 방향을 틀며 요리조리 산맥을 피해 고도를 높였다.

비행기는 2시간 정도를 날아 콜카타 공항에 내렸다. 승객들이 우르르 내리고, 새로운 승객들이 탔다. 화장실에 가려고 기체 꼬리 쪽으로 가니 인도 공항 직원들이 기내식을 열심히 싣고 있었다. 비행기는 30분 정도를 콜카타에서 머문 후 다시 이륙했다.

아침에 푹 자고 일어나서 하루 종일 한 게 없으니 피곤하지도 않았다. 여행하면서 가져온 책도 다 읽은 상태. 우리는 서로 책을 바꿔보았다. 이런저런 이야기를 나누다 파울로 코엘료의 《연금술사》 이야기가 나왔다.

산티리가 줄거리를 말해달라고 했다. 나는 잠시 내용을 떠올려보았다.

"산티아고의 목동이 예지몽을 꾸고 보물을 찾으러 떠나. 보물이 피라미드에 있다고 했거든. 거기까지 가면서 온갖 우여곡절을 겪고, 사랑하는 여인도 만나지. 그런데 막상 피라미드에 가보니, 거기엔 보물이 없었어. 피라미드를 지키던 병사는 자신이 예지몽을 꾸었는데, 산티아고 어느 교회 밑에 보물이 있다고 말하지. 보물은 목동이 매일 양을 치던 곳에 있었던 거야."

산타리는 연금술사의 결말에 경악했다.

"뭐야, 그럼 집 앞에 있는 보물 찾자고 그 개고생을 한 거란 말이야?"

"응. 그 대신 잊지 못할 경험들과 무엇보다 평생의 사랑을 만났잖아."

연금술사의 주인공도 산타리와 같은 말을 하며 투덜거린다. 그러자 이 모든 것을 알려준 노파가 빙그레 웃으며 답한다. "그렇다면 그대는 피라미드를 보지 못했으리니." 이 말속에서 행복의 진리가 엿보였다. 행복은 멀리에 있지 않다. 하지만 멀리 떠나봐야 가까이에 있는 행복을 찾을 수 있다.

융융's 부탄 단상2

부탄은 불편했지만 낭만적이었다. 우리 손엔 핸드폰 대신 노트와 연필이 쥐어졌고, 밤을 새워도 좋을 수다가 이어졌다. 차가 덜컹거릴 때마다 창밖에 펼쳐지는 아름다운 자연에 마음껏 감탄했다. 불편함 속에 우리가 잊고 있었던 소소한 행복을 찾게 해준 부탄이었다.

2
다시 찾은 방콕, 길 잃은 마음

　수완나품 공항은 언제나처럼 시끄럽고 정신없었다. 우리
는 한국에서 또 볼 수 있는데도 당장의 이별이 아쉬워 서로
를 껴안았다. 융융이와 우뇨뇨를 배웅하고, 산타리와 나는
밥을 먹으러 갔다. 메뉴는 우리가 사랑하는 해산물. 산타리
는 며칠 만에 다시 만난 태국 음식에 감탄을 연발했다.

　"부탄은 정말 다 좋았는데, 음식은 좀 힘들었어."
　"그래도 난 기회가 된다면 또 가고 싶어."
　"그건 나도 그래. 그 대신, 다음에 또 가게 되면 고추장을
더 잔뜩 챙겨갈 거야. 참기름도, 캔에 든 반찬도!"

　다시 찾은 방콕은 하나도 설레지 않았다. 방콕의 복잡함
은 뇌를 마비시킬 지경이었다. 특히 교통은 그야말로 지옥이
었다. 한국의 지옥철은 귀여운 수준이었다. 더운 바깥 날씨
와 서늘한 지하철 간 온도차가 너무 커서 몇 번 환승을 하
다 보면 황태가 되는 기분이었다.

누군가에게 방콕은 매력적인 도시겠지만, 나에게는 정신 없고 복잡한 도시로 남았다. 부탄 여행의 여파 때문에, 방콕은 일주일 전과 너무나 다른 느낌이었다. 방콕은 그대로인데 내 마음이 문제였다. 원효대사가 해골바가지 물을 드시고 깨달은 것을 나는 부탄에 갔다 와서 깨달았다. 역시 세상 만사는 마음먹기에 달렸다. 생각이 여기까지 미치자 이제 정말 한국에 갈 준비가 된 것 같았다.

부탄 여행이 끝나갈 때쯤부터, 비틀스의 〈Across the Universe〉를 흥얼거렸다. 산스크리트어 주문, 'Jai Guru deva, Om' 때문이었다. 존 레넌은 작곡 당시 인도의 요가 명상에 심취했다고 한다. 영국 사람 존 레넌에게 인도의 사상은 생소하게 느껴졌을 것이다. 동시에, 마음을 울리는 공감의 지점 역시 찾아냈을 것이다.

내가 부탄에 대해 느끼는 감정도 매우 비슷했다. 우리와는 너무 다른 방식으로 살아가는 나라이지만, 마음을 끄는 매력이 있었다. 부탄과는 또 전혀 다른 세계인 방콕에서, 나는 그 기분을 잊지 않기 위해 계속해서 중얼거렸다. Jai Guru deva, Om.

말들은 종이컵에 떨어지는 비처럼 흘러넘쳐
허공을 떠다니다 우주 너머로 사라지네.
슬픔의 샘과 기쁨의 파도는 열린 내 마음을 맴돌며
나를 사로잡고 어루만지네.
경배하나이다 선지자여, 옴
그 무엇도 내 세상을 바꿀 수 없어.
그 무엇도 내 세상을 바꿀 수 없어.

부서지는 빛이 춤을 추네, 백만 개 눈동자 되어.
그들은 나를 부르고 또 부르네. 우주 너머로
생각들이 편지함 속 맴도는 바람처럼
정처 없이 부유하다 우주 너머로 나아가네.
경배하나이다 선지자여, 옴.
그 무엇도 내 세상을 바꿀 수 없어.
그 무엇도 내 세상을 바꿀 수 없어.

웃음소리, 삶의 그림자가 귓속에 울려 퍼져
나를 일으켜 불러들이네.
한없는 불멸의 사랑이 백만 개 태양처럼 반짝이며
나를 부르고 또 부르네, 우주 너머로.
경배하나이다 선지자여, 옴.
그 무엇도 내 세상을 바꿀 수 없어.
그 무엇도 내 세상을 바꿀 수 없어.

경배하나이다 선지자여.
경배하나이다 선지자여.
경배하나이다 선지자여.
경배하나이다 선지자여.

Beatles, 〈Across the Universe〉

3
작은 오아시스, 발레

일주일 만에 다시 방콕에서 발레 수업을 들었다. 이번에 간 곳은 태국 유일의 발레단, 방콕시티발레단Bangkok City Ballet 에서 운영하는 일반인 대상 수업이었다. 일본 사람이 세운 발레단이라 그런지 어린이 수강생 대부분이 일본 아이들이었다. 다시 한 번 재팬머니의 위력에 감탄했다. 부탄 수도 팀푸에는 골프장이 있었는데, 이 골프장 역시 일본인이 지었다.

일본어와 영어와 태국어와 프랑스어가 난무하는 수업은 정신없었지만 재미있었다. 일주일 만에 발레를 하니 몸의 근육들이 기쁨의 비명을 질렀다.

"씨쏜 글리싸드 아쌈블레Sissonne Glissade Assembler!"

처음 배울 땐 도대체 용어가 뭐 이렇게 어렵나 싶었는데, 한 번 배워두니 만국 공통이라서 좋았다. 게다가 춤은 몸의 언어다. 외국어를 완벽하게 알아듣지 못해도, 그 빈자리를 몸짓이 채워주는 것 같다. 다른 건 몰라도, 발레가 나를 행복하게 해주는 것만큼은 확실했다.

여행의 진짜 마지막 밤. 여행을 돌아보니 가장 기억에 남는 건 비바람 불던 도출라 패스에서의 시간이었다. 그때는 그저 아쉽고 막막했는데, 짙은 안개를 친구들과 함께 바라보았던 시간이 소중하게 느껴졌다.

성과 속의 세계가 뚜렷이 나뉘어 있지 않았던 부탄. 이제 완전히 속의 세계로 돌아가야 할 시간이었다. 하지만 부탄에서 느낀 묘한 기분들을 오랫동안 잊지 않기를 바랐다.

니룹의 말대로 명상을 해보았다.

4
문화를 어떻게 지켜나가야 하나

여행의 마지막 방문지는 짐 톰슨 하우스 박물관^{Jim} Thompson House Museum이었다. 짐 톰슨은 미국 사람으로, 제2차 세계대전 때 육군으로 참전했다가 1945년 태국으로 파병되었다. 태국의 매력에 빠진 그는 종전 이틀 후, 다시 태국으로 왔다.

짐 톰슨은 태국의 수공업 실크를 세계에 알렸다. 짐 톰슨은 세계적으로 유명한 실크 브랜드가 되었다. 산타리와 나는 전시장에 진열되어 있는 실크 가격의 동그라미를 세보고는 혀를 내둘렀다.

짐 톰슨 하우스는 그가 생전에 거주하던 집으로, 태국 건축을 대표하는 6개의 티크를 하나로 뭉쳤다. 대부분은 최소 200년 이상 된 것들이었다. 태국 가옥 특성상 쉽게 분해할 수 있어서, 여러 집을 분해해서 지금의 장소에서 재건축했다.

1959년에 완공한 이 건물은 당시에도 유명했다. 짐 톰슨은 자신이 수집한 콜렉션을 일반인에게 공개하고, 수익은 태국 전통문화 보존에 사용했다. 짐 톰슨은 1967년 휴가를 떠났다가 실종됐다. 1976년 왕실 지명 재산 관리인은 짐 톰슨

이름으로 재단을 설립했다.

　투어는 시간대별, 언어별로 진행됐다. 여러 언어 투어가 있지만 한국어는 없어서 영어 투어에 참가했다. 단아한 태국 미녀 가이드 언니는 차근차근 짐 톰슨의 생애와 업적에 대해 설명했다. 짐 톰슨의 생애를 들으니 그가 얼마나 태국을 사랑했는지 알 수 있었다.

　"톰슨 씨가 부탄을 몰라서 그렇지, 알았다면 부탄에도 푹 빠졌을 거야."

　"톰슨 씨가 살았을 때 방콕은 이렇게 정신없지 않았겠지?"

실없는 소리를 주고받으며 정원을 산책했다. 정원에는 풀숲이 우거져 있어서 덥지도 않고, 도시의 소음도 차단해주었다.

한편으로는 태국 전통가옥의 가치를 알아보고 지킨 사람이 미국인이란 점이 씁쓸했다. 태국 문화는 태국 사람들이 지키는 편이 좋지 않았을까. 짐 톰슨 역시 어쩔 수 없는 백인이라서, 집안 곳곳에는 오리엔탈리즘적 시각이 엿보였다. 실내에는 중국, 말레이시아, 인도네시아 수집품들이 함께 있었다. 백인 눈에는 거기서 거기처럼 보였겠지만, 엄연히 다르다. '한국이나 일본이나 똑같지 않아?'라고 말하는 격이다.

그런 면에서 부탄 정부의 선견지명이 놀라웠다. 부탄은 절대적 최빈국이던 시절부터 문화와 자연의 중요성을 간과하지 않았다. 그 결과, 경제 성장은 조금 더뎌도 부탄의 정신과 문화는 그대로 보존할 수 있었다. 이런 이야기를 산타리에게 했더니, 내 눈에는 부탄 콩깍지가 씐 것 같다며 웃었다. 솔직히, 인정하는 바다.

5
제발 집에 보내주세요

 부탄을 떠날 때는 그렇게 애달프더니, 태국과의 이별은 아쉽지 않았다. 그러나 세상사 뜻대로 되는 건 없다. 끝날 때까지는 끝난 게 아니라는 말을 절감할 줄이야. 우리는 밤 비행기를 타고 한국에 새벽에 도착할 예정이었다. 이륙 후 한 시간쯤 지났을 때, 믿을 수 없는 안내 방송이 흘러나왔다.

 "승객 여러분 우리 비행기 엔진 고장으로 방콕 수완나품 공항으로 회항하겠습니다."

 또박또박한 한국어에 기내가 술렁였다. 모니터를 보니 비행기는 이제 막 태국 땅을 벗어나 바다 위에 떠 있는데, 엔진 고장이라니! 산타리와 자리도 떨어져 있어서 더 불안했다. 다시 방콕으로 향하는 한 시간 동안 산타리가 무척이나 그리웠다.
 도착 예정일은 월요일 새벽. 하필이면 고등학교 방과 후 수업 첫날이었다. 학생이라면 결석계라도 제출하면 되겠지만, 선생이 결석하는 건 있을 수 없는 일인데! 엔진이 고장난 비행기 안에서도 다음 날 수업 걱정부터 되었다. 아직 얼굴도 모르는 학생들에게 미안한 마음이 들었다.

공항에 착륙하는 순간부터 악몽이 시작됐다. 수리를 하고 곧 출발할 것처럼 승객들은 기내에서 대기하라는 안내를 받았다. 기내는 에어컨 작동이 안 되어서 덥고 답답했다. 사람들은 에어컨을 틀어주든지, 내려주든지 해달라고 하소연하기 시작했다.

한 시간이 넘으니 짐을 가지고 비행기에서 내리라는 안내방송이 나왔다. 탁 트인 공간에 나오니 잠시 살 것 같았지만, 자정이 훨씬 넘은 시각에 무작정 기다리느라 지쳐갔다. 직원들은 딴 비행기를 태울 것처럼 승객들을 이리저리 끌고 다니더니, 여권과 탑승권을 가져가버렸다.

비행기를 고치려면 시간이 오래 걸린다는 판단을 한 항공사는 봉고차에 사람들을 꾸역꾸역 싣고 공항 근처 허름한 호텔에 내려주었다. 호텔 프런트 직원은 단 두 명. 몇백 명이 한꺼번에 몰리니 방을 배정받는 줄 역시 줄어들 생각을 안 했다.

더 최악은 이후 스케줄에 대한 안내가 없다는 것. 몇 시에 일어나야 하는지, 비행기는 몇 시에 뜨는지 알 수 없는 상태로 방에 들어왔다. 천장에선 물이 새고 곰팡이 냄새가 났다. 불평을 할 기운조차 없었다. 당연히 잠옷도 없고, 세면도구도 변변찮았다. 우리는 대충 씻고 벌러덩 누워버렸다.

여행의 진짜 진짜 마지막 밤, 사실 태국에서 보냈으면 안 되는 밤. 허름한 방에 산타리와 널브러져 있으니 헛웃음만 나왔다. 그 순간, 내 옆에 있는 친구의 존재가 얼마나 위안이 되던지. 혼자였다면 정말 더 미칠 지경이었을 것이다.

다음 날, 정오가 다 되어서야 버스는 사람들을 태우고 다시 공항으로 향했다. 이번 여행에서만 다섯 번째로 수완나품 공항에 도착했다.

"수완나품 공항아, 이제 그만 우리를 보내줘…."

결국 비행기 엔진은 고치지 못했다. 항공사는 한국에서 대기하던 비행기를 빈 채로 방콕에 날려 보냈다. 방콕에서 우리를 태우고 서울로 간 다음, 서울에서 기다리는 손님들을 태우고 오는 일정이었다. 아침 9시 비행기인 줄 알고 공항에 갔는데, 12시간 넘게 기다려야 했을 승객들도 황당했을 거다.

한국에는 월요일 자정에 가까워 도착했다. 산타리와는 이별을 아쉬워할 기력도 남아 있지 않았다. 우리는 힘없이 손을 흔들고 터덜터덜 집으로 향했다. 집에 도착하니 나의 고양이 오름이는 단단히 삐쳐 있었다. 열흘 만에 만난 주인이 반갑지만 자신을 버려두고 간 것에 대해 화도 내야 했던 것 같다. 한참을 우렁차게 야옹거리다가 품에 안겨서 잠이 들었다. 부드러운 털을 쓰다듬으며 붓다의 삶을 생각했다.

붓다는 처자식을 버리고 깨달음을 얻기 위해 수행에 나섰다. 그 와중에 붓다를 가장 떠나기 힘들게 했던 존재는 부모도, 아내도 아닌 어린 아들 라홀이었다고 한다. 여행 내내 나를 신경 쓰이게 했던 이 덩치 큰 고양이가 나의 라홀인가보다.

　한국의 지인들을 위해 기념품을 사려고 했지만, 정말로 별로 살 게 없었다. 그나마 산 것이 위스키. 부탄의 위스키는 싱글몰트다. 싱글몰트는 스코틀랜드에서 수입하고, 히말라야의 청정수로 만든다. 남자친구는 위스키 맛이 환상적이라며, 부탄에 한 번 더 다녀오라고 했다. 술을 사려고 부탄에 다녀온다면, 그 술은 세상에서 가장 비싼 술일 것이다.

흥! 어디 갔다 이제 오냐옹!

6
다시 만난 네 친구

　다음 날, 서울 거리에 나서니 모든 것은 상대적이라는 것을 다시 한 번 깨달았다. 부탄에서 바로 서울로 왔더라면 서울이 정신없다고 했을 텐데, 방콕을 들렀다 오니 서울이 이렇게 한가하고 쾌적할 수가 없었다. 원효대사님, 다시 한 번 존경합니다. 그 깨달음은 참 비싼 값을 치러야 하는군요.

　결국 학기 첫 수업을 선생인 내가 빼먹었다. 두 번째 시간에 처음 만난 학생들과는 비행기 이야기를 하며 친해졌다. 항공사에서는 보상을 받았다. 고객센터에 이메일을 보냈더니, 한 시간 만에 답장이 왔다. 1인당 200달러씩 보상한다는 내용이었다. 이 기쁜 소식을 산타리에게도 알렸다. 부탄 여행은 끝까지 우리에게 선물을 남겼다.

　귀국 한 달 후, 부탄 여행 친구들을 만났다. 역시나 네 명이 시간을 맞추는 일은 쉽지 않았다. 다시 만나니 부탄에서의 일들이 한여름 밤의 꿈처럼 아득하게 느껴졌다. 우리는 각자 팍팍했던 삶을 토로했다.

"다들 행복하니?"

"부탄에선 행복했어."

"아, 그건 진짜 확실해요."

"근데 한국 오니까 그 행복, 다 어디 갔니?"

우리는 빠른 속도로 일상에 복귀했다. 부탄 여행의 기억은 조금 희미해졌다. 그렇지만 부탄에 마음 한 조각을 두고 온 기분이 들었다. 내 노트북 바탕화면에는 지금도 여전히 부탄 사진이 걸려 있다.

부탄이 뭐가 그렇게 좋았냐는 말을 많이 듣는다. 나 역시, 가보기 전에는 삐딱한 마음이 들기도 했다. 왜들 그렇게 찬양을 해? 사람 사는 거 다 비슷비슷할 텐데, 너무 주관적으로 미화하는 거 아닌가 싶었다. 그런데 갔다 오고 나니 부탄이 훌륭해서 그렇고, 좋은 게 아니었다.

나에게 부탄은 계속 알고 싶어지는 나라, 앞으로 더 잘되라고 응원하고 싶은 나라다. 어차피 사는 건 모두에게 힘들다. 완벽한 사회란 존재하지 않는다. 유능한 사람과 무능한 사람들이 섞여 있게 마련이고, 사회 문제 역시 어디에나 있다. 그렇지만 '좀 더 나은' 사회, 그렇게 되려고 노력하는 사회는 존재한다. 부탄은 그런 사회다.

'부탄이 그렇게 좋으면 거기서 살고 싶어?'라는 말도 들었다. 어려울 것이다. 부탄이 개방적인 나라도 아니고, 부탄에서 내가 할 수 있는 것도 없고, 무엇보다 나는 물질주의에 찌들어 있다. 다만, 이 세상에 부탄 같은 사회가 존재한다는 생각만으로도 위안이 된다.

부탄 여행 후 인스타그램 피드에 부탄 사람들이 뜨기 시작했다. 아마도 내가 검색을 많이 하고, 부탄 관련 태그를 많이 걸어서 그런 것 같았다. 인스타그램에서 부탄의 10대, 20대를 본다. 인스타그램에 팝송을 커버해서 올리기도 하고, 배꼽티에 미니스커트를 입은 모습을 뽐내기도 한다. 그러나 동시에 종 앞에서 키라를 차려입은 사진 역시 자랑스럽게 올린다.

부탄은 고인 물이 아니다. 스마트폰은 이미 부탄 사람들에게도 익숙하다. 다들 세계가 어떻게 돌아가는지 알고 있다. 그럼에도 부탄 사람들이 자부심을 가지고 본인들의 문화와 전통을 지킬 수 있는 원동력은 어디에서 오는가?

부탄 사람들의 자존감은 문화를 강조하는 교육에서 온다고 생각한다. 부탄 주변에는 티베트 불교를 믿는 국가들이 있었다. 그러나 시킴도 라다크도 인도에 편입되고 말았다. 그런 과정을 지켜본 부탄 입장에서는 더욱 기를 쓰고 자국의 문화를 지켜나가야 했을 것이다. 그것이 나라를 지키는 길임을 간파했기 때문이다.

부탄에도 폭력 사태가 있었다. 90년대에 네팔계 이민자들과 충돌이 있었고, 다수의 난민이 발생했다. 불교의 평화로운 이미지 때문에 불교도들의 폭력 사태는 어울리지 않을 것 같다. 하지만 결국 그들도 같은 사람일 뿐이고, 결국 삶은 누구에게나 전쟁이다. 그러나 그 속에서 평화를 찾고, 행복을 찾으며 사는 거 아닐까.

　나는 부탄이 망가지지 않기를 바란다. 물론 부탄이 지금 모습 그대로 있기를 바란다는 말은 아니다. 백신의 보급으로 질병을 예방하고, 정보화 시대에 정보에 뒤처지지 않는 선진화는 부탄에도 꼭 필요하다. 하지만 부탄 사람들이 문화를 지키며 자긍심을 잃지 않기를 바란다.

Epilogue

다시, 우주 너머로

———

여행기가 넘쳐나는 세상이다. 모든 걸 박차고 세상으로 나설 용기를 가진 사람은 얼마나 많고, 세상에는 얼마나 대단한 곳이 많은지. SNS에는 여행 사진 장인들이 끝도 없이 많다. 내가 과연 여행기를 쓸 자격이 있나 싶기도 했다.

부탄에서 우리는 즐거웠다. 재밌었던 추억은 헤아릴 수도 없다. 말을 잃고 고요함에 빠져들기도 했고, 기절할 정도로 웃고 떠들기도 했다. 하지만 인생 전체를 바꿔놓을 정도의 깨달음은 얻지는 못했다. 하지만 이렇게 평범한 사람들도 특별한 여행을 즐길 수 있음을 보여주고 싶었다. 그래서 최선을 다해, 그대로 써보기로 했다.

길을 잃었다는 생각이 들 때, 나를 잃어간다는 생각이 들 때, 낯선 곳에 가는 것은 하나의 돌파구가 될 수 있다. 그리고 부탄은 그럴 때 가보기에 참 괜찮은 나라다. 불자가 아니더라도 마음의 평화를 얻을 수 있다. 유럽 성당을 보고 감탄하는 게 가톨릭 신자들만의 전유물이 아닌 것과 같다. 종교도 문화도, 한 걸음 떨어져서, 열린 마음으로 받아들인다면 삶의 경험이 더 풍부해지리라 믿는다.

우리에게 부탄에서의 며칠은 어떤 의미였을까. 네 명의 여행이었으니 네 개의 의미가 있을 것이다. 나에게는 진정한 휴식, 깨달음의 시간이었다. 부탄에 갔다 온 후, 한동안 그리움에 시달렸다. 그때의 강렬했던 기분은 1년이 지나며 조금씩 옅어졌다. 한국의 바쁜 속도에 다시 휩쓸려 정신없이 살았다.

그렇지만 얼마든지, 이런 순간이 다시 찾아오기를, 내가 그런 순간을 찾아 나서게 되기를 기대하며 살고 있다. 모든 것은 지나고 나면 추억이 되지만, 강렬한 경험을 한 나는 이전과의 나와는 다른 나일 것이다.

지금과 다른 삶을 찾아 자리를 박차고 나서지는 않더라도, 다른 삶이 있을 수 있다는 가능성을 생각할 수 있는 것은 축복이다. 마음속에 부탄을 품고 살아간다면, 지치고 힘들 때 한 번씩 위안을 얻을 수 있다.

글을 쓴다는 것은 외로운 일이며, 동시에 외로움을 달래는 일이다. 부탄 여행기를 쓰며 감정이 롤러코스터를 탔다. 혼자 실실 웃다가, 눈물을 글썽였다. 친구들과 함께한 여행을 혼자서 되새기려니 쓸쓸한 기분이 들기도 했다. 그러나 동시에 부탄을 추억하며 즐거운 시간을 보냈다.

여행기를 쓰는 동안 몇 번이나 '행복의 나라' 단톡방에 글을 썼다 지웠다. 너희가 많이 보고 싶다고, 함께한 순간들이 그립다고. 하지만 대부분의 메시지는 보내지 않았다. 일상에서 바쁜 삶을 살고 있는 친구들에게 깜짝 선물처럼 완성된 원고를 보여주고 싶었다.

저질 체력에 쉽게 지치고, 조금만 배고파도 아무것도 못하는 나와 끝까지 웃으며 여행해준 친구들이 고마웠고, 누구보다 여행기 출간을 기대해줘서 고마웠다. 처음부터 친했던 사이도 아닌데다 직업도, 취향도, 취미도 제각각인 네 사람. 그렇지만 각자의 방식을 존중하며 평화롭게 공존하는 법을 배울 수 있는 계기가 되었다.

부탄 여행에서 많은 것을 얻었다. 그중 가장 큰 선물은 조화로운 친구들이다. 원고를 쓰고, 책을 엮고, 표지를 정하는 과정 하나하나에서 친구들은 아낌없이 큰 도움을 주었다. 우리의 책이 나오기를 누구보다 기다려준 산타리, 융융이, 우나나에게 이 책을 바친다.

행복을 부탁해

1판 1쇄   2018년 12월 3일

지은이   조은정

펴낸이   손정욱

펴낸곳   도서출판 답

출판등록   2015년 2월 25일 제 312-2015-000063호

주 소   서울시 용산구 효창원로 93길 14 8층

전 화   02 324 8220

팩 스   02 6944 9077

이 도서의 국립중앙도서관 출판예정도서목록(CIP)은 서지정보유통지원시스템 홈페이지(http://seoji.nl.go.kr)와 국가자료종합목록시스템(http://www.nl.go.kr/kolisnet)에서 이용하실 수 있습니다.

ISBN 979-11-87229-17-9   03810

* 책값은 뒤표지에 있습니다.